MADE MALEEN: EIN MÄRCHEN MIT EINEM MODERNEN TWIST

Deutsche Ausgabe

JEANNE ST. JAMES

Übersetzt von
LITERARY QUEENS

Künstler des Covers (Deutsche Ausgabe): Golden Czermak at FuriousFotog
Übersetzer: Literary Queens

www.jeannestjames.com

Melde dich für meinen Newsletter an, um Insider-Infos, Neuigkeiten über die Autorin und aktuelle Neuerscheinungen zu erhalten:
www.jeannestjames.com/newslettersignup (auf Englisch)

Behalte ihre Website unter http://www.jeannestjames. com/ im Auge oder melde dich für ihren Newsletter an, um über ihre nächsten Veröffentlichungen informiert zu werden: http://www.jeannestjames.com/newslettersi gnup (auf Englisch)

Autorenlinks: Instagram * Facebook * Goodreads Author Page * Newsletter * Jeanne's Review & Book Crew * BookBub * TikTok * YouTube

Anmerkung der Autorin

Eine Prinzessin namens Jungfrau Maleen und ein Prinz lieben sich und wollen heiraten. Ihr Vater will sie jedoch einem anderen geben, und weil sich Maleen seiner Absicht widersetzt, lässt der König sie und ihre Zofe für sieben Jahre in einem Turm einmauern. Als nach Ablauf der Frist die Nahrung ausgeht und niemand sie herauslässt, befreien sich die beiden Jungfrauen aus dem Turm und finden das Reich zerstört. Sie wandern fort und ernähren sich von Brennnesseln.

Am Hof ihres Geliebten findet die Jungfrau Maleen schließlich unerkannt eine Anstellung als Magd. Der Prinz steht kurz vor der von seinem Vater arrangierten Hochzeit mit einer bösen und hässlichen Braut. Diese schämt sich ihres Aussehens so sehr, dass sie Jungfrau Maleen zwingt, heimlich an ihrer Stelle das Brautkleid anzuziehen und sie bei der Trauung zu vertreten. Auf dem Hochzeitszug spricht Maleen zu einer Brennnessel, zum Kirchensteg und zum Kirchentor und deutet so an, die falsche Braut zu sein. Auf die Frage des Prinzen antwortet sie, sie habe nur an die Jungfrau Maleen gedacht. Er hängt ihr als Geschenk ein Geschmeide um. Als abends die verschleierte hässliche Braut zu ihm geführt wird, fragt er erneut nach ihren rätselhaften Worten. Die hässliche Braut entschuldigt sich dreimal mit der Behauptung, ihre Magd würde ihre Gedanken tragen, und erzwingt dann die richtigen Antworten von Maleen. Zuletzt fragt der Prinz nach dem Geschmeide, das Jungfrau Maleen für sich behalten hat. Die hässliche Braut gibt daraufhin die Vertauschung zu und will Jungfrau Maleen köpfen lassen, aber der Prinz kommt und erkennt sie. Sie werden zusammen glücklich, die hässliche Braut wird geköpft.

Quelle: https://de.wikipedia.org/wiki/Jungfrau_Maleen
Vollständige Geschichte: https://www.grimmstories.com/de/grimm_maerchen/jungfrau_maleen

Kapitel Eins

Es war einmal ... vierzehn Jahre zuvor

IRGENDETWAS PIKTE ihr in den Hintern, und zwar nicht auf die angenehme Art. Maleen King wälzte sich hin und her und versuchte, eine bequemere Position im Heu zu finden. Heu war nicht sehr weich, wenn man nackt war. Okay, technisch gesehen war sie nicht nackt. Sie trug immer noch ihre Schärpe.

Dairy Maid. Kotz.

Sie hatte es satt, gegen Kaitlyn zu verlieren. In den letzten drei Jahren hatte die böse Hexe des Mittleren Westens jedes Mal den Titel der Dairy Princess gewonnen. Und die Bitch hatte nie gezögert, es Mal unter die Nase zu reiben. Hier auf dem Land war dieser blöde Schönheitswettbewerb der Milchbauern eben eine große Sache.

Scheiß drauf.

Egal was passierte, diese Dairy Maid bekam, was sie wollte ...

Den gut aussehenden Dairy Prince.

Aber wo zur Hölle war ihr Prinz eigentlich? Zu spät. Wie immer.

Sie atmete aus und schaute auf ihre Kuhuhr. Die, die sie letztes Jahr als Zweitplatzierte hinter der Rinder-Bitch ... ähm, Dairy Princess erhalten hatte. Pah, wer wollte schon ernsthaft die Milchprinzessin sein?

Es war ja nicht so, als ob sie dieses blöde Diadem tragen wollte.

Nö, es ging einfach ums Prinzip.

Von unten kam ein gedämpfter Fluch, als jemand am Fuß der Leiter stolperte. Sie lächelte. Kaitlyn konnte das Strass-Diadem behalten, der eigentliche Preis gehörte Maleen ...

Braydons Kopf tauchte aus dem Loch im Boden des Heubodens auf, sein struppiges Haar war zerzaust. Er schenkte ihr ein gequältes Lächeln. »Ich habe mir den verfluchten Zeh gestoßen, Mal.«

»Wo sind deine Schuhe?«

»Beim Rest meiner Klamotten.«

»Ich hoffe für dich, du trägst deine Schärpe«, warnte sie ihn.

Er lachte und sein dunkelbraunes Haar fiel ihm über die Stirn. Als er die hölzerne Leiter zum Dachboden hinaufstieg, kam sein Körper langsam zum Vorschein. Oh, er trug auf jeden Fall seine Schärpe. Und sonst nichts.

Braydon Daniels, zweifellos ein Farmjunge durch und durch, trainiert, muskulös und war braun gebrannt von der harten Arbeit draußen – Heuballen werfen, Zäune reparieren, entlaufene Färsen jagen und jede andere körperliche Arbeit, die seine Eltern erledigt haben wollten.

Die Daniels forderten viel von ihren Söhnen. Sie meinten, sie bekämen dadurch eine gute Arbeitseinstellung und eine vernünftige Moral. Wenn die meinen. Sie wusste nur, dass Bray dadurch großartige Muskeln und schwielige Hände bekam.

Aber raue Finger und Handflächen konnten sie nicht davon abhalten, das zu bekommen, was sie wollte. Und anscheinend auch das, was der Dairy Prince wollte, denn seine Erektion stand in Bereitschaft.

Die Hände auf die schmalen Hüften gestützt, starrte Bray auf sie herab und musterte jeden Zentimeter, den er sehen konnte. Und das war so ziemlich alles. Nicht, dass er das nicht schon vorher alles gesehen hätte. Er hatte es schon zu oft gesehen, um es zu zählen. Er war ihr erster Mann, und sie hatte vor, ihn auch zu ihrem letzten zu machen. Eines Tages würde sie Mrs. Braydon Daniels sein.

Jupp. Und zwar bald, wenn es nach ihr ginge.

Sie tätschelte das Heu neben sich. »Komm her, Cow-Boy.«

»Verdammt, Kleines! Warum hast du nicht eine Decke oder so was drunter geworfen? So wird es doch auffallen, dass wir uns im Heu gewälzt haben.«

»Wer außer mir wird dich noch nackt sehen?«, fragte sie und verengte ihre Augen warnend.

Er sollte besser *sehr* vorsichtig mit seiner Antwort sein.

»Keiner.«

»Richtige Antwort.«

»Aber du weißt doch, dass dieses Zeug einen aufkratzt und juckt«, beschwerte er sich.

Mal seufzte. »Hör zu, machen wir das jetzt noch, oder was? Das Letzte, was ich brauche, ist, dass mein Paps uns hier oben findet, während wir wie eine Herde läufiger Katzen schreien.«

Ein Lächeln erhellte seine haselnussbraunen Augen —

eines ihrer Lieblingsmerkmale an ihm. Sie tätschelte wieder das Heu, und er machte praktisch einen Bauchklatscher auf ihr. Ihr ganzer Atem entwich in einem *Uff*. Aber sie kicherte, als er zwischen ihren Beinen hin und her wackelte.

»Ah, genau da, wo ich hingehöre«, flüsterte er, während er ihr in die Augen schaute.

»Das stimmt, Cow-Boy … ich meine Sir Dairy Prince. Warum verzauberst du mich nicht ein bisschen? Ich will dich so sehr.« Wow, was für eine Überraschung. Sein harter Schwanz, dick und bereit, drückte gegen ihren Oberschenkel.

Der explosive Sex mit ihm wurde nie langweilig. Das einzige Mal, dass sie es nicht genossen hatte, war die Nacht, in der er sie entjungfert hatte. Mit siebzehn hatten sie beide keine Ahnung gehabt, was sie taten, aber jetzt, ein Jahr später, waren ihre Bewegungen perfektioniert und keiner von ihnen hatte sich je beschwert … Na ja, außer wenn sie keine Gelegenheit fanden, es miteinander zu treiben. Ihr Vater beobachtete sie wie ein Falke. Und Brays Eltern hatten ihm eingehämmert, dass er lieber nicht mit Enkelkindern nach Hause kommen sollte, bevor er nicht verheiratet war.

Sie betrachtete den Mann, den sie liebte, und strich ihm das Haar aus dem Gesicht, um es zu glätten. Ihre Finger fuhren die Linien seines Gesichts nach, seinen starken Kiefer, seinen markanten Hals.

Bray neigte seinen Kopf, um sie zu küssen, wobei er ihren Mund mit seiner Zunge aufstupste. Nicht, dass sie eine Ermutigung gebraucht hätte. Sie berührte seine Zunge mit ihrer und vertiefte den Kuss. Er stöhnte in ihren Mund, bevor er den Kuss unterbrach.

Er strich ihr die Haarsträhnen aus dem Gesicht. »Ich bin so bereit für dich, Baby. Spürst du, wie hart ich bin?«

»Ja, also hör auf zu reden und fang an es zu tun, Cow-Boy.«

Mit seinem herzerweichenden Grinsen rutschte er auf dem kratzigen Heu hinunter und ließ sich zwischen ihren Beinen nieder. Er schob ihre Schenkel nach oben und sie stellte ihre Füße auf seine Schultern, während er sich auf sie stürzte, um sie zu ›verzaubern‹. Im Laufe des letzten Jahres hatte er herausgefunden, was sie mochte und was nicht. Obwohl es nicht viel gab, was sie nicht mochte. Dieser Junge hatte unglaubliche Fähigkeiten, wenn es darum ging, seinen Mund auf ihre Pussy zu legen.

Sie hob ihre Hüften vom Boden ab, als er mit seiner Zunge um ihren Kitzler wirbelte und daran saugte. Als er dann zwei Finger seiner rauen Bauernhände in sie gleiten ließ, wimmerte sie. Wenn man jung und voller tobender Hormone ist, braucht es nicht viel, um einen Höhepunkt zu erreichen. Und es half, dass Bray wusste, wie er sie auf Touren bringen konnte. Als er mit seiner Zunge über ihren Kitzler strich und seine Finger in ihr bewegte, krallte sie sich in sein Haar, um ihn an Ort und Stelle zu halten, obwohl sie bezweifelte, dass er jetzt schon vorhatte, irgendwo hinzugehen.

Kurz darauf krümmte sie ihren Nacken, öffnete ihren Mund und stieß einen Schrei aus, der Tote hätte aufwecken können. Ihr Inneres krampfte sich zusammen, kribbelte, wippte und schlang sich um seine Finger.

Als die Welt endlich wieder klar wurde, schaute sie an ihrem Körper hinunter zu ihm. Er hob seinen Kopf leicht an und lächelte breit und strahlend. »Ich glaube, das macht mir genauso viel Spaß wie dir.«

Mal bezweifelte das. Dem knochenlosen Zustand ihres Körpers nach zu urteilen, war sie sich sicher, dass sie es mehr genossen hatte. Sie streckte ihre Hand aus. »Komm her, Cow-Boy.«

Er krabbelte an ihrem Körper hoch wie ein Berglöwe, der sich an seine Beute heranpirschte. Jeden Moment würde er ein lautes Brüllen ausstoßen. Sie kicherte bei der Vorstellung.

»Was ist so lustig, Prinzessin?«

Sie schüttelte nur den Kopf und stieß dann einen tiefen Seufzer aus, als er sich wieder zwischen ihren Beinen niederließ und seine Erektion gegen sie drückte.

Sie hatten eine Art Ritual. Jedes Mal, wenn er zum ersten Mal in sie eindrang, erklärten sie sich gegenseitig ihre Liebe. Kitschig? Jupp. Aber für sie beide war Sex eine ernste Sache. Und auch wenn sie erst achtzehn waren, wollten sie ihre Hingabe zueinander ausdrücken.

Als er zustieß, sahen sie sich in die Augen und flüsterten sich ihr »Ich liebe dich« zu.

Bray drang so tief in sie ein, dass sie schreien wollte. Er füllte sie aus, machte sie zu seiner. Als sie ihre Beine um seine Oberschenkel schlang, griff sie nach seinem Hintern, um ihn näher an sich heranzuziehen. Sein Becken drückte gegen ihren ohnehin schon empfindlichen Kitzler, sodass sie aufstöhnte und ihre Muskeln um ihn herum anspannte – die inneren und die äußeren.

»Gott, Baby, du bist immer so eng. Das treibt mich in den Wahnsinn.«

Mal versuchte nicht einmal zu antworten. Sie konnte es nicht. Sie war zu sehr mit den Empfindungen beschäftigt, die er ihrem Körper entlockte, während er in sie eindrang und sie noch feuchter und wilder machte.

»Wir beide für immer, Prinzessin«, flüsterte er und presste seine Lippen auf ihr Ohr. Seine Wange drückte sich an ihre, sein warmer Atem streifte über ihre erhitzte Haut und brachte sie an den Rand des Abgrunds. Sie grub ihre Fingernägel – die falschen, die sie nur für den Wettbewerb aufgeklebt hatte – in seinen Hintern und schnitt in seine Haut.

Das Anspannen seiner Arschbacken wurde immer intensiver, je schneller er in sie stieß. Er drang immer wieder in sie ein, bis sich ihre Zehen krümmten, ihr Körper sich anspannte und sie ihre Zähne in seine Schulter bohrte, um ihren Schrei zu unterdrücken. Mit einem Grunzen tat er es ihr gleich und kam zu seinem Höhepunkt. Sein Schwanz pulsierte tief in ihr.

Er ließ sein Gewicht sanft auf sie sinken, während er sie an sich zog.

»Für immer, Cow-Boy«, murmelte sie gegen die feuchte Haut seines Halses.

Ein lautes Klappern von unten ließ sie beide zusammenzucken. Bray setzte sich auf und hielt sie fest, als ob er sie beschützen wollte. Als die brüllende Stimme ihres Vaters zum Heuboden emporstieg, wusste Mal, dass er sie nicht beschützen konnte … oder sich selbst. Sie waren königlich am Arsch.

»Junge! Ich weiß, dass du da oben bist! Komm sofort runter oder ich komme hoch!«

Sie warfen sich einen Blick zu und sagten gleichzeitig »Scheiße«. Brays Augen waren groß, höchstwahrscheinlich aus Angst vor seinem bevorstehenden Tod. Auch wenn sie sich beide umschauten, wussten sie bereits, dass es kein Entkommen gab und sie sich nirgendwo verstecken konnten. Und was noch schlimmer war: Brays Klamotten waren noch unten. Mal rappelte sich auf, um das blöde Kleid anzuziehen, das sie für den Dairy-Princess-Wettbewerb getragen hatte, und zerrte dabei ein mit Heu beladenes Höschen unter den Rock. Die Art von Stechen zwischen den Beinen hatte sie nicht gewollt …

»Scheiße, Scheiße, Scheiße«, flüsterte sie. Sie warf

Bray einen mitfühlenden Blick zu, da er immer noch nur seine total zerknitterte Schärpe trug.

Die klirrenden und klopfenden Geräusche kamen immer näher, als ihr Vater die Leiter zum Dachboden hinaufkletterte.

Mals Augen weiteten sich. Sie schob Bray hinter sich, als der Kopf ihres Vaters am Eingang zum Heuboden auftauchte. Nicht nur sein Kopf, sondern auch eine …

Heugabel!

Fuck!

Ihr Vater knallte die Heugabel flach auf den Boden, um sie als Hebel zu benutzen und sich den Rest des Weges durch das Loch hochzuziehen. Er keuchte und schnaufte, sein Gesicht war knallrot. Er war zweifellos stinksauer.

Als er sein Gleichgewicht wiedergefunden hatte, zeigte er mit einem zittrigen Finger auf Bray hinter ihr. »Junge, ich werde dir das Fell abziehen. Was machst du nackt mit meiner Tochter? Geh weg von ihr.« Er hob die dreizinkige Gabel auf und deutete damit weiterhin auf ihn. »Versteck dich nicht hinter ihr. Sei ein Mann!«

Mit einem nicht gerade beruhigenden Griff an ihre Schultern trat Bray ihrem wütenden Vater entgegen und drängte Mal aus dem Weg. Und als ihr Paps mit der Heugabel zielte, schrie Mal aus vollem Halse.

Fast wie in Zeitlupe sahen sie entsetzt zu, wie die Heugabel durch die Luft flog. Bray konnte gerade noch rechtzeitig ausweichen, sodass sie ihn verfehlte, bevor die Zinken mit einem lauten Knall in den Holzdielenboden einschlugen.

Mals Herz schlug so heftig, dass es sich anfühlte, als würde es aus ihrer Brust ausbrechen. Sie wollte sich erleichtert fühlen … bis sie ihren Paps auf sie zupirschen sah.

»Bray, *geh*!«, schrie sie.

Mit der Schnelligkeit eines Jugendlichen duckte sich Bray um ihren Vater herum und sprang durch das Loch. Mals Mageninhalt stieg ihr in die Kehle, als sie hörte, wie er hart auf dem Boden landete. Sie hörte sein Ächzen und einen Fluch, dann ein Getrampel seiner Füße, das sich anhörte, als würde er aus der Scheune rennen.

Sie sah ihren Vater geschockt an. »Paps, warum?«

»Warum? Weil er meiner Tochter ein Braten in die Röhre schieben wird.«

Mal stampfte mit dem Fuß auf und wurde genauso wütend wie ihr Paps. »Nein, Paps. Nein! Ich liebe ihn!«

»Bullshit! Du bist zu jung, um zu wissen, was Liebe ist. Das ist Geilheit. Braydon Daniels ist nur ein Zuchtbulle, der nach einer brünstigen Kuh sucht. Sei keine Färse. Und jetzt geh ins Haus.« Als sie zögerte, schrie er: »Sofort! Wenn du weißt, was gut für dich ist. Und wage es ja nicht, mir zu widersprechen.«

Schluchzend kletterte sie die Leiter hinunter und rannte aus der Scheune. Sie hatte jedes Stechen des trockenen Heus, das an ihren Klamotten klebte, auf dem Weg zum Haus verdient.

Sie blickte nicht einmal zurück zur Scheune. Sie wusste, dass ihr Dairy Prince schon lange weg war.

Kapitel Zwei

Der heutige Tag

MAL WISCHTE sich eine einzelne Träne von der Wange. Der Mann, der vor ihr ruhte, sah aus wie ihr Paps, war aber jetzt nur noch eine hübsche Hülle. Sein beschützender Geist war aus seinem Körper gewichen. Und ihr Paps war wirklich beschützend gewesen, vielleicht sogar zu sehr. Mal hatte es immer gehasst und dagegen angekämpft. Als sie sich jetzt nach vorn beugte, um die kalte, unbewegliche Hand zu streicheln, die über seiner Brust lag, wurde ihr endlich klar, wie sehr sie das zu schätzen wusste. Er hatte sie auf einem erfolgreichen Weg gehalten, indem er sie von dem Milchbauernhof, auf dem sie aufgewachsen war, weggejagt hatte. Er hatte gewollt, dass sie etwas aus sich machte, anstatt eine arme Farmerin zu sein.

Nicht, dass ihr Paps arm gewesen wäre. Er war einer der erfolgreichsten Milchbauern im Bezirk, Scheiße, ja sogar der ganzen Region. Aber trotzdem wollte er, dass sie es besser hatte, dass sie mehr hatte.

Seine Vorstellung von besser war nicht ganz dieselbe wie ihre.

Eine Hand landete auf ihrer rechten Schulter und sie schreckte auf. Das hätte sie nicht überraschen dürfen, denn die Leute strömten bereits herein und nahmen ihre Plätze für die Andacht ein.

Die breiten, langen Finger der geheimnisvollen Hand mit einigen dunklen Haaren zwischen den Fingerknöcheln drückten sie sanft. Sie drehte ihren Kopf in Richtung des Besitzers. Und als sie aufblickte, erschrak sie erneut.

Heilige Scheiße …

Braydon Daniels.

Das war nicht der Junge, in den sie vor vierzehn Jahren verliebt gewesen war. Nein. Er war gereift und hatte sich zu einem spektakulären Anblick geformt. Sie schluckte schwer und versuchte, ihre Stimme zu finden.

»Bray …« Sein Name kam wie ein Hauch heraus.

»Mal«, sagte er mit einer Stimme, die ein paar Oktaven tiefer war, als sie in Erinnerung hatte. Er fasste sie an der Schulter und zog sie in seine Arme. Sie konnte spüren, wie sich die Muskeln unter seinem Hemd anspannten, als er sie an sich drückte.

Sein Atem kitzelte das Haar an ihrem Ohr, als er ihren Duft einatmete. »Heiliger Lord, ich habe dich vermisst, Prinzessin«, murmelte er.

Prinzessin. Ein Kosename, den er ihr schon vor langer Zeit gegeben hatte. Er hatte immer sie, und nicht Kaitlyn, als seine wahre Dairy Princess betrachtet.

Mal zitterte bis in die Zehenspitzen. *Ich habe dich auch vermisst. Du weißt gar nicht, wie sehr.* Ihre Arme legten sich um seinen unteren Rücken und sie sog selbst ein wenig von seinem Geruch ein. Er roch nach Bauernhoftieren und Antiseptika. Sie rümpfte die Nase und schob ihn mit einer Grimasse weg.

»Tut mir leid, ich musste mich nach einer Notkalbung schnell umziehen. Eine Durchbruchgeburt. Ich hatte keine Zeit zum Duschen.«

Ah, richtig, er arbeitete jetzt als Tierarzt für die örtliche Viehzucht. Ihr Vater hatte ihn vor ein paar Jahren einmal erwähnt. Das war das einzige Mal gewesen, dass er ihre Fragen über Bray beantwortet hatte.

»Tja, du riechst nach Land.«

Er zuckte mit den Schultern. »Ich muss mich ja irgendwie anpassen …« Er lachte und seine Augenwinkel kräuselten sich. Seine wunderschönen goldgrünen, haselnussbraunen Augen funkelten immer noch, wenn auch nicht mehr so hell wie in ihrer Erinnerung.

Sie dachte an die gestohlenen Momente, die sie in der Scheune verbracht hatten, als er jeden Zentimeter von ihr erforschte, während sie nackt in einem Haufen Heu oder auf einer ausgebreiteten Pferdedecke gelegen hatte. Die Erinnerung schoss wie ein Blitz durch sie hindurch. Sie landete in ihrer Brust und erhitzte sie von innen.

Er trat auf einen respektablen Abstand zurück, denn sie standen am Eingang des Wohnzimmers. Vor einem, wie Mal jetzt feststellte, fast vollen Publikum.

»Tut mir leid wegen deinem Paps.«

In den wenigen Momenten in seinen Armen hatte sie fast vergessen, warum sie hier war. Und den einzigen Grund, warum Bray hier sein würde. Oder?

»Danke. Es ist nicht so, dass es unerwartet kam, aber es tut trotzdem weh.«

Er nickte, sein Blick verließ ihr Gesicht nicht. Wann war er zu so einem reifen, gut aussehenden Mann herangewachsen? Ihr Magen überschlug sich.

In der Nähe räusperte sich ein Mann und sie bemerkte, wie der kleine, ältere Herr, der das Bestattungsunternehmen leitete, mit den Händen rang. »Mrs. Marshall, wir müssen jetzt anfangen.«

Mal erschrak über den Namen, den er benutzte. »Bitte, nennen Sie mich Ms. King.«

»Tut mir leid, Ma'am. *Ms. King.*«

Sie schürzte die Lippen und drehte sich wieder zu Bray um. »Wir können nachher reden.«

Mit einem leichten Nicken sagte er mit leiser Stimme: »Das würde ich gerne.«

Bray ging den Gang entlang und nahm einen leeren Platz in der hinteren Reihe ein, während Mal sich in der ersten Reihe niederließ. Eine ältere Nachbarin, Emma Haskins, beugte sich vor und tätschelte Mals Knie mit ihren kreppartigen, altersfleckigen Händen. Die knorrigen Knöchel und die dünne Haut erinnerten sie an die ihres Vaters. Sie unterdrückte ein Schluchzen und lächelte Emma zittrig zu als Zeichen ihres Dankes.

Dann begann die Trauerfeier, mit der sie sich ein letztes Mal von ihrem Vater verabschiedete.

MAL ZUPFTE an ihrem schwarzen Bleistiftrock und versuchte, den kratzigen Stoff von ihrer Haut wegzuziehen. Sie wollte unbedingt zurück ins Haus und ein Paar alte, bequeme Jeans anziehen. Sie wünschte, sie würde noch in die abgenutzten Jeans passen, die sie in einer Kiste unten im Schrank in ihrem Kinderzimmer gefunden hatte. Aber wie Braydon war auch sie erwachsen geworden. Das bedeutete, dass sie Kurven hatte, die nicht mehr in die Junior-Skinny-Jeans passten.

Als sie die Rampe des Beerdigungsinstituts hinunterging, war sie überrascht, dass noch ein anderes Auto als ihres auf dem Parkplatz stand. Sie hatte angenommen, dass sie die Letzte sein würde, die ging, besonders, nachdem sie noch geblieben war, um mit dem Bestatter die Einäscherung ihres Paps' zu organisieren.

Sie stolperte und fing sich ab, indem sie sich an das Metallgeländer klammerte, das entlang der Betonschräge verlief.

Er sah gut aus.

Scheiße! Gut war eine grobe Untertreibung. Das war, als würde man sagen, dass ein Eisbecher voller dickflüssiger, klebriger Karamellcreme, frischer Walnüsse, bunter Streusel, einem Haufen echter Schlagsahne und einer Kirsche obendrauf nur *gut* schmeckte.

Ihr Magen knurrte. Sie war sich nicht sicher, ob es an der Tatsache lag, dass sie jetzt Hunger auf einen Eisbecher hatte, oder an dem Anblick von Braydon Daniels, der mit verschränkten Armen und Knöcheln an der Seite eines Pick-ups lehnte, während er sie beobachtete.

Sie schaute an ihrer Bluse herunter. Jupp, ihre Brustwarzen hatten sich zu zwei Bergspitzen verhärtet. Sie seufzte. *Nee, gar nicht offensichtlich, Mal.*

Dabei könnte sie doch zwei Fliegen mit einer Klappe schlagen: Den klebrigen Eisbecher direkt von seinem — wie sie sich vorstellen konnte — straffen Bauch essen. Sie wettete, dass sein Sixpack Einkerbungen hatte, in denen sich das geschmolzene Eis und das Karamell sammeln konnten, bis sie alle Spuren der süßen Leckerei weggeschleckt hatte.

Mal stockte und musste tief Luft holen, bevor er die Lücke zwischen ihnen schließen konnte.

»Ich hab mir gedacht, dass das dein Auto ist.«

Sie hatte sich noch nicht an seine tiefe Stimme gewöhnt. Es war die Stimme eines Mannes, nicht die eines Teenagers. Er parkte nur zwei Plätze von ihrem leuchtend roten Audi R8 Cabrio entfernt. Mit dem aufgerüsteten 5,2-Liter-V10-Motor und dem Schaltgetriebe hatte der hübsche kleine Sportwagen sie stolze 166.000 Dollar gekostet. Fünfhundertfünfzig PS waren nicht billig. Obwohl der Wagen eine Schönheit war und verdammt viel Spaß beim Fahren machte, war er hier draußen im Kuhkaff von Kansas, nichts als ein schlechter Scherz.

Zu Hause in New York beeindruckte es ihre Kollegen, aber hier war ein Dungstreuer nützlicher. Plötzlich wurde ihr klar, dass sie New York City fälschlicherweise für ihr ›Zuhause‹ hielt.

»Wie hast du das erraten?«, fragte sie und versuchte, nicht zu offensichtlich zu sein, während ihr Blick jeden Zentimeter von ihm abtastete.

Er lachte, schüttelte den Kopf und blickte kurz auf den Bürgersteig. Als er wieder aufblickte, fixierte er sie mit seinen goldgrünen, haselnussbraunen Augen.

Sie tat ihr Bestes, um nicht zu zappeln.

In aller Ernsthaftigkeit erinnerte er sie an etwas. »Du hast gesagt, wir könnten nachher reden.«

Und um ehrlich zu sein, hatte sie damit nicht *direkt* nach dem Gottesdienst gemeint. Sondern *irgendwann* danach.

Sie betrachtete seine Gesichtszüge. Im natürlichen Licht sah er noch besser aus. Tief gebräunt. Ungeschliffen. Ein bisschen verwitterter, als er mit seinen zweiunddreißig Jahren sein sollte. Aber ein Leben voller harter Arbeit hat das so an sich, dachte sie.

Sie runzelte die Stirn über den dunklen Vollbart, den

er trug. Auch wenn er nicht wild war, hasste sie ihn an ihm. Sie strich mit den Fingern über seinen Kiefer und zupfte an den kurzen, drahtigen Haaren. »Warum?«, fragte sie schlicht.

Er wollte nach ihrer Hand greifen, aber sie ließ sie zur Seite fallen. Er zuckte mit den Schultern, legte den Kopf schief und musterte sie. »Weil meine Ex-Frau es hasst.«

»Ex-Frau?« Ihre Augenbrauen hoben sich bis zu ihrem Haaransatz. Mal wusste nicht einmal, dass er verheiratet war, geschweige denn eine Scheidung hinter sich hatte. Sie trat einen Schritt zurück, um etwas Abstand zwischen ihnen zu schaffen.

Er hatte eine andere geheiratet. Jemand anderen als sie.

Mit achtzehn Jahren hatte sie seine Frau werden wollen, für immer zu ihm gehören wollen. Der Gedanke, dass sie durch jemand anderen ersetzt werden könnte, tat weh. Und das war nicht nur ein kleiner Stich. Nein, es war ein tiefer Schmerz, der in die Knochen drang.

Sie schüttelte sich innerlich. Sie hatte kein Recht, so zu denken. Er war nicht der Einzige, der jemand anderes geheiratet hatte. Unbewusst schaute sie auf ihren linken Ringfinger. Obwohl er keine Spuren mehr von ihrer eigenen gescheiterten Ehe aufwies, hatte sie das alles noch nicht hinter sich gelassen.

Sie fragte sich, wen er geheiratet hatte.

»Ich würde dich ja auf einen Kaffee einladen, aber ich muss zurück an die Arbeit. Massey Campbell hat ein paar kranke Säue, nach denen ich sehen muss.«

Das Wort Säue hatte sie schon lange nicht mehr gehört. Sau, Wildschwein, Färse. Begriffe, die sie nicht mehr benutzt hatte, seit sie vor so vielen Jahren weggegangen war. Seit ihr Vater sie weit weggeschickt hatte. Das einzige Wort, dass dem Ganzen hier auch nur entfernt ähnelte, war *Scheiße*. Das Wort wurde sogar ziemlich oft benutzt.

Mal nickte und ließ ihre Augen über seinen Körper wandern, unfähig zu widerstehen. Wieder einmal fiel ihr auf, wie kräftig er geworden war, im Gegensatz zu dem schlanken Teenager von damals.

Bray räusperte sich.

Mal sah zu seinem amüsierten Gesichtsausdruck auf. »Was?«

»Ich habe gefragt, ob ich heute Abend auf der Farm vorbeischauen kann.«

Oh. Ihre Wangen flammten auf. Sie legte ihre kühle Hand auf eine. »Äh … ich schätze ja.«

Er richtete sich auf, machte einen Schritt nach vorn und ließ seine Hand in ihren Nacken gleiten, um ihren Kopf zu umfassen und sie bis auf wenige Millimeter an seine Lippen heranzuziehen. »Es könnte spät werden, je nachdem, ob ich irgendwelche Notrufe bekomme.«

Mal konnte nicht denken, wenn er so nah war. Sie wollte unbedingt diese Lücke schließen und ihn küssen. Sie wollte seine Lippen auf ihren spüren. Es war schon eine Weile her, dass sie Intimität erlebt hatte, und sie vermisste es.

Aber da war mehr. Jetzt, wo ihr Cow-Boy nur noch wenige Zentimeter von ihr entfernt war, merkte sie, wie sehr sie ihn vermisst hatte. Wie sehr sie das *Zusammensein* vermisst hatte.

Der Cow-Boy und seine Prinzessin.

»Und?«, murmelte er.

»Und was?«, flüsterte sie zurück.

Bray schloss die kleine Lücke zwischen ihnen und küsste sie und übernahm die Kontrolle über ihre

Lippen. Seine Zunge trennte sie und erkundete das Innere ihres Mundes. Er schmeckte wie eine Mischung aus Minze und Kaffee. Er neigte seinen Kopf, um seine Lippen fester mit ihren zu verschmelzen, und sie stöhnte auf. Er schlang einen Arm um ihren Rücken und zog sie fest an sich. Seine harte Erregung drückte gegen ihren Bauch.

Das Verlangen zwischen ihnen war immer noch da, als wäre sie nie weg gewesen. Als wären keine vierzehn Jahre vergangen und als würden sie wieder auf dem Dachboden einer Scheune herumschleichen. Aber das war albern. Sie waren jetzt erwachsen. Beide hatten jemand anderes geheiratet. Ein Beweis dafür, dass sie beide ihre Teenagerschwärmerei hinter sich gelassen hatten.

Er beendete den Kuss und lehnte sich zurück, sein Atem ging stoßweise, während er sie schweigend anstarrte. Er blinzelte einmal, zweimal, und dann schlang sie ihre Arme um seinen Hals und zog ihn wieder an sich. Sie lehnte ihr Gesicht an seine Brust und spurte das schnelle Pochen seines Herzens unter ihrer Wange.

Tränen stachen ihr in die Augen, aber sie weigerte sich, sie kullern zu lassen. Sie hatte heute schon genug wegen ihres Vaters geweint. Wieder in Brays Armen zu sein, war kein trauriger Anlass, sondern eine glückliche Wiedervereinigung.

Vielleicht würde es nicht über diesen Parkplatzkuss hinausgehen. In vierzehn Jahren hatten sie sich beide verändert. Sie kannten sich gar nicht mehr.

Aber sie war bereit, ihn wiederzusehen, egal was passierte. »Ich werde da sein«, sagte sie.

»Ich rufe im Haus an, wenn ich zu spät komme.«

Sie nickte und drehte sich zu ihrem Auto um.

»Prinzessin«, rief er, als er die Tür seines Pick-ups erreichte.

Sie schaute über ihre Schulter.

»Ich bin froh, dass du zu Hause bist.«

Ich auch.

Kapitel Drei

MAL MACHTE sich mit schnellen Schritten durch die Dunkelheit auf den Weg von der Scheune zum Haus. Sie hatte noch einen letzten Blick auf die Milchkühe geworfen, bevor sie Feierabend machte. Sie schaute auf ihre Uhr. Einundzwanzig Uhr und immer noch keine Spur von Bray. Wenn sie beim Haus ankam, würde sie den alten Anrufbeantworter abhören. Vielleicht hatte er ja abgesagt.

Das Licht von Scheinwerfern streifte die Kurve des Feldweges und blendete sie. Sie hob die Hand, um ihre Augen vor dem grellen Licht zu schützen.

Wenn man vom Teufel spricht.

Er fuhr dicht an sie heran, wobei die Steine unter den Reifen knirschen und ließ das Fenster auf der Fahrerseite herunter. »Hey.«

»Selber hey.«

»Tut mir leid, dass ich spät dran bin, ich …«

Sie verdrehte die Augen. »Ich weiß, ich weiß. Du hattest einen Notfall mit deinem Nutztier.«

Er lachte leise. »Und ich bin nach Hause gegangen, um mich umzuziehen und zu duschen, damit ich deinen Geruchssinn nicht beleidige.«

»Ach, was bin ich nur für ein Glückspilz! Wir treffen uns bei der Veranda.«

Er parkte in der Nähe des Hauses und wartete bei seinem Pick-up. Er fuhr einen dieser Wagen mit der Ladefläche eines mobilen Tierarztes, was durchaus Sinn ergab, da er wahrscheinlich mit Medikamenten und Handwerkszeug beladen war. Sie konnte sich vorstellen, dass er im Falle eines Notfalls nicht darauf verzichten konnte. Wenn man der einzige Tierarzt im Landkreis war, hatte man immer viel zu tun.

Er folgte ihr die Verandatreppe hinauf und ins Haus. »Wow«, sagte er und sah sich um. »Ich bin schon lange nicht mehr hier drinnen gewesen. Ich würde sogar sagen, seit vierzehn Jahren nicht mehr.«

Sie erinnerte sich an das letzte Mal, als er im Haus gewesen war – am Morgen, nachdem ihr Vater sie auf dem Dachboden erwischt hatte. Er hatte ihr ein Geschenk mitgebracht. Es war eine so genannte Versprechenskette – ähnlich wie ein Versprechensring – gewesen. In einer schwarzen Schachtel hatte sich ein Anhänger an einer zarten goldenen Kette befunden, und auf dem Anhänger stand *Prinzessin* geschrieben. Doch bevor sie die Kette anlegen konnte, kam ihr Vater ins Haus gestürmt, um ihn zu verjagen.

Mal hatte schon befürchtet, dass ihr Paps seine Schrotflinte holen würde. Doch Bray fiel vor ihm auf die Knie und flehte Paps an, sie heiraten zu dürfen. Er schwor ihrem sturen Vater, dass sie ›die Eine‹ war, und versprach, sich für den Rest seines Lebens um sie zu kümmern.

Paps wollte davon nichts hören. Sein Gesicht wurde genauso rot wie am Abend zuvor in der Scheune und er schrie, dass er etwas Besseres für seine Tochter wollte, als dass sie die Frau eines Milchbauern werden würde. Er hatte nicht gewollt, dass sie eine Schürze trug, einen Haufen Babys warf und immer mit Dreck unter den Fingernägeln und Kuhscheiße an den Schuhen herumlief.

Sie hat nie vergessen, wie Brays Gesicht sich verzogen hatte. Es hatte ihr ernsthaft das Herz gebrochen. Sie hatte ihn geliebt und sich nichts sehnlicher gewünscht, als seine Frau zu werden.

»Also, was ist hier passiert?«, fragte Bray, als er den Raum betrat, den man früher Stube genannt hätte.

Seine Frage holte sie in die Gegenwart zurück. Dieser Mann war nicht mehr derselbe Junge, der mit Tränen in den Augen über seine eigenen Füße gestolpert war, als ihr Vater ihn aus dem Haus gejagt hatte.

Mal betrachtete ihn in seinen abgetragenen Levi's und seinem Flanellhemd, dessen Ärmel bis zu den Ellbogen hochgekrempelt waren. Er trug das Hemd ordentlich in der Hose und einen breiten Ledergürtel um seine Taille. Und natürlich hatte er Cowboystiefel an den Füßen. Was sollte er auch sonst anhaben? Wenigstens eine Sache hatte sich nicht geändert.

»Das sind alle meine Sachen aus meiner Wohnung. Die Umzugsfirma hat gestern alles geliefert. Ich weiß noch nicht, was ich damit machen werde.«

Kisten und die Möbel, die sie aus ihrem New Yorker Loft behalten wollte, füllten das Wohnzimmer vom Boden bis zur Decke.

Er drehte sich zu ihr um und sein Gesicht war der Inbegriff von Schock. »Warte mal … Du bist also dauerhaft zurück?«

»Äh, ja.« Sie ging in Richtung der abgegriffen aussehenden Küche und er folgte ihr auf den Fersen.

»Was ist mit deiner Karriere?«

Diese Frage hatte sie schon viel zu oft gehört. Alle ihre Kollegen hatten sie das Gleiche gefragt. Sie meinten es gut – größtenteils –, aber einige hielten sie für verrückt, weil sie ihr gut bezahltes Gehalt aufgeben wollte, um zu Hause auf einem Milchbauernhof in so 'nem Kuhkaff irgendwo im Nirgendwo zu leben.

Aber sie hatte genug. Die Stadt hatte ihr eine Zeit lang Spaß gemacht. Doch nach ein paar Jahren wurde es ihr zu viel. Als Börsenmaklerin war sie in einem gnadenlosen Geschäft tätig. Sie arbeitete lange, aß scheiße und musste immer ›on‹ sein, um Kunden zu betüdeln. Sie hatte genug von der Ungleichbehandlung von Frauen in der Branche und von der ständigen sexuellen Belästigung. Und manchmal, anstatt mit Leuten etwas trinken zu gehen, mit denen sie eigentlich echt lieber nichts zu tun haben wollte oder die sie teilweise nicht mal mochte, wollte sie lieber nach Hause gehen und ein abgetragenes Flanellhemd anziehen, wie Bray es gerade trug, um sich ins Bett zu kuscheln und einen heißen Liebesroman zu lesen.

Leider hinderte die Erschöpfung sie meistens daran, selbst das zu tun.

»Ich habe sie aufgegeben.«

»Und was willst du jetzt hier draußen machen?«

»Die Farm führen.« Mal konnte nicht übersehen, wie er mit dem Schock über ihre Entscheidung kämpfte.

»Alleine.« Sein Tonfall machte deutlich, dass er nicht glaubte, dass sie es schaffen würde.

»Ich habe doch die Landarbeiter«, erinnerte sie ihn.

Seine Arme hoben und senkten sich frustriert. »Maleen, einer von denen ist hundert Jahre alt!«

»Bitte nenn mich nicht so. Und Willie ist nicht hundert, er ist erst um die siebzig.«

»Was soll der Scheiß, Mal?! So wie der aussieht, könnte er genauso gut hundert sein.«

»Er sieht nur alt aus. Er ist für sein Alter gut in Form, weil er aktiv bleibt. Er sagte, er würde zusammenklappen und sterben, wenn er aufhört zu arbeiten.«

»Mal …«

Sie hob eine Hand, um seine Worte zu stoppen. »Ich habe meine Entscheidung getroffen.«

Er schnappte ihre Hand aus der Luft und hielt sie sanft fest. »Hast du dir das gut überlegt?«

»Glaubst du, ich weiß nicht, wie viel Arbeit damit verbunden ist, diese Farm zu leiten?«

Seine Lippen verzogen sich zu einer grimmigen Linie. »Natürlich tust du das. Aber …«

»Aber nichts.« Sie riss ihre Hand aus seinem Griff und lehnte sich gegen den alten Formica-Tisch, der dringend ausgetauscht werden musste.

»Gerüchten zufolge heißt es im Testament deines Paps', dass die Farm verkauft werden muss. Dass du sie nicht erben kannst.«

»Das war kein Gerücht.«

»Okay, also.« Bray begann in der Küche auf und ab zu gehen. »Nicht, dass ich nicht froh wäre, dass du wieder zu Hause bist, aber wenn das Testament …«

Mal unterbrach ihn. »Ich habe sie gekauft.«

»Was?«

»Ich habe die Farm für einen Dollar gekauft.«

Brays Mund öffnete sich, dann klappte er ihn zu. Er machte eine Kehrtwende auf seinem Absatz, um sie anzusehen. »Ist das überhaupt legal?«

»Jupp, laut dem Erbschaftsanwalt ist das ein Schlupfloch, aufgrund der Art und Weise, wie mein Paps das Testament formuliert hat.«

Er stemmte die Hände in die Hüften. »Tja, scheiße.«

Mal verengte die Augen und stieß sich von der Theke ab. Sie stemmte ihre Hände in die Hüften. »Dein Zweifel an mir ist enttäuschend.«

Bray schüttelte den Kopf. »Ich zweifle nicht an dir, Mal. Ich mache mir Sorgen um dich.«

»Lass es.«

Er zog die Augenbrauen zusammen. »Warum?«

»Weil ich nicht mehr zu dir gehöre, Bray. Und du gehörst nicht mehr zu mir. Wir sind jetzt erwachsen, wir haben uns weiterentwickelt. Ich kann auf mich selbst aufpassen.«

Er blies einen lauten Atemzug aus und griff nach ihr. Sie wich seiner Berührung aus. »Es war nicht meine Entscheidung, weiterzuziehen.«

Nein, das war es nicht. Es war auch nicht ihre Entscheidung gewesen. Aber es war passiert. Und sie waren keine Teenager mehr, die nichts über die Welt wussten. In vierzehn Jahren hatten sie beide gelernt, dass das Leben mit zweiunddreißig Jahren komplizierter ist als mit achtzehn.

»Wenn du heute Abend nur hierhergekommen bist, weil du denkst, dass wir einfach da weitermachen, wo wir vor all den Jahren aufgehört haben ...«

Er griff wieder nach ihr, diesmal ließ er sie nicht entkommen. Er packte ihre beiden Oberarme. »Du kannst mir nicht erzählen, dass du nichts fühlst.«

Nein, das konnte sie nicht. Er wusste, dass sie nach all den Jahren immer noch etwas für ihn empfand.

Sɪᴇ ᴍüssᴛᴇ ʟüɢᴇɴ, wenn sie es leugnen würde. Es stand ihr förmlich ins Gesicht geschrieben. Und das gab ihm etwas Hoffnung.

Maleen war zu einer wunderschönen Frau herangewachsen. Verdammt, sie war schon damals schön gewesen, aber jetzt sah sie einfach nur umwerfend aus. Als er ihr tief in die dunkelbraunen Augen blickte, fühlte er sich befreit. Genau wie damals, als sie noch Kinder gewesen waren, wickelte ihn ein Blick von ihr sofort um den kleinen Finger.

Nicht, dass er sich jemals dagegen wehren wollte.

Ihr Haar, ein tiefes Braun, war jetzt länger, als er es in Erinnerung hatte. Die langen Strähnen fielen ihr wie ein Wasserfall über die Schultern und bis fast zur Mitte des Rückens. Das Licht in der Küche fing den Glanz und die kaum vorhandenen natürlichen Wellen ein.

Er schloss für einen Moment die Augen, als er sich vorstellte, wie das seidige Haar über seine nackte Haut strich. Er öffnete sie wieder und beobachtete jede ihrer Bewegungen. Das Blinzeln ihrer Augen, das Heben und Senken ihrer Brust bei jedem flachen Atemzug, das Hervortreten ihrer Nippel unter ihrem Baumwoll-T-Shirt. Der Blick in ihren Augen verriet ihm, dass er sich nicht geirrt hatte. Sie spürte es auch.

Er lockerte seinen Griff um ihre Arme und ließ seine Handflächen bis zu ihren Schultern und dann wieder nach unten, bis hin zu ihren Fingerspitzen gleiten. Er verschränkte ihre Finger und führte ihre umschlungenen Hände zu seinen Lippen, wo er ihre Finger leicht streifte, ohne den Blickkontakt zu unterbrechen.

»Ich bin heute Abend hierhergekommen, weil ich, als ich dich vorn im Bestattungsinstitut stehen sah, das Gefühl hatte, vom Blitz getroffen worden zu sein. Ich bin nur gekommen, um deinem Vater die letzte Ehre zu erweisen, auch wenn er mich dafür gehasst hat, dass ich seine Tochter ruiniert habe. Aber ich hätte nicht gedacht, dass du mich noch so beeinflussen kannst. In diesem Moment wurde mir klar, was wir verpasst haben. Was hätte sein können. Warum ich kein vollkommenes Glück in meinem Leben finden konnte.« Er verzog das Gesicht bei seinem Geständnis.

»Wir können nicht in der Vergangenheit leben, Cow-Boy.«

Er holte tief Luft. Er kämpfte gegen die Erinnerungen an, die sein alter Spitzname heraufbeschwor. »Nein, du hast recht, Prinzessin, das können wir nicht. Aber das hält uns nicht davon ab, eine Zukunft zu schaffen.«

Er öffnete sich, entblößte sich regelrecht. Aber er vertraute Mal. Sie verhielt sich nicht wie seine Ex-Frau, die diese Schwachstelle ausgenutzt und gegen ihn verwendet hätte. Sie hätte ihn unter ihrem Stiefelabsatz zermalmt.

Sie wandte ihren Blick ab und starrte auf eine Stelle hinter seiner Schulter. »Denkst du nicht, dass wir uns verändert haben?«

»Natürlich denke ich das. Wir sind jetzt gestandene Erwachsene, keine Kinder mit leuchtenden Augen. Bist du zumindest bereit, es zu probieren? Ich sage es noch einmal, Mal, ich habe dich vermisst. Seit dem letzten Morgen habe ich jeden Tag an dich gedacht. Hast du mich nicht vermisst?«

Ein erdrückendes Gewicht legte sich auf seine Schultern, als sie zögerte.

Sie atmete hektisch ein und ihre Hände zitterten. »Bray ...« Ihre Stimme stockte. »Das geht mir alles viel zu schnell. Ich bin erst seit ein paar Nächten zu Hause und schon redest du von einer Zukunft. Ganz ehrlich, wir kennen uns doch gar nicht mehr.« Sie seufzte. »Ich gebe zu, dass wir uns immer noch körperlich zueinander hingezogen fühlen, aber …«

»Sag nicht Nein. Für den Moment, sag einfach nur Vielleicht.«

Mal lehnte ihre Stirn an sein Schlüsselbein und er vergrub seine Finger in ihrem Haar. Sein Herz schmerzte. Die Wahrheit war, dass er jeden *einzelnen* Tag an sie gedacht hatte. Sogar an dem Tag, als sein Sohn geboren wurde. Er bereute, dass es nicht Mal war, die im Kreißsaal seinem Sohn das Leben geschenkt hatte.

»Das zwischen uns war nur eine Highschool-Schwärmerei.«

»Nein. Sag das nicht. Es war mehr als das.« So viel mehr. Es schmerzte ihn, dass sie ihre vergangene Beziehung herunterspielte. Er wusste, dass sie damals genauso empfunden hatte wie er.

»War es das, Bray? Wussten wir mit siebzehn, achtzehn wirklich, was wir wollten?«

»Ja! Ich wollte *dich*, Mal. Nur dich.«

»Aber du hast eine andere geheiratet«, sagte sie mit fester Stimme.

Seine Wut verflog schnell. Ja, das hatte er. Aus Verzweiflung und gebrochenem Herzen.

Und aus dem Bedürfnis heraus, das ›Richtige‹ zu tun.

Es war einer der bemerkenswertesten Fehler seines Lebens. Aber der größte von allen? Sie gehen zu lassen. »Werte nicht ab, was wir hatten.«

Mals Augen glitzerten durch die Tränen. Sie riss sich aus seiner Umarmung los.

Nur widerwillig ließ er sie gehen. »Kann ich dich heute Nacht einfach nur halten? Würdest du mir so viel geben?« Er würde alles nehmen, was er bekommen konnte. Selbst wenn es nur eine Nacht war. Und wenn er sie nur festhalten könnte.

»Nein«, sagte Mal, ihre Stimme war so tief und verzweifelt gut, dass sich seine Eier zusammenzogen. »Nein, Gott steh mir bei, heute Nacht will ich mehr als das.«

Kapitel Vier

Sie konnte sich ein Grinsen nicht verkneifen, als seine Augen aufleuchteten und die Schatten verschwanden. Er jubelte aus vollem Halse, als er sie in seine Arme hob. Sie schlang ihre Arme fest um seinen Hals, als er mit halsbrecherischer Geschwindigkeit in Richtung Treppe davonlief.

Er nahm die ersten drei Stufen viel zu schnell. Dann wurde er langsamer, ließ sich Zeit, hielt das Gleichgewicht und hatte Mühe, seinen Atem beim Aufstieg zu kontrollieren.

Mal verkniff sich ein Lächeln. Sie musste ihm zugestehen, dass er vor Ehrgeiz übersprudelte, aber sie war kein fünfzig Kilo schwerer Teenager mehr.

Sie klopfte ihm auf die Schulter, als er die letzte Stufe erklommen hatte und im Flur zögerte. »Du kannst mich runterlassen, wenn's sein muss, Cow-Boy.«

»Am Arsch! Du bist immer noch meine Prinzessin und wirst auch so behandelt.«

Entschlossenheit zeichnete sich auf seinem Gesicht ab. Er hatte vor, sie den Rest des Weges zu tragen. Ihr wurde klar, dass er nicht wusste, wohin er gehen sollte. Er war noch nie in ihrem Schlafzimmer gewesen. Ihr Paps hätte ihn bei lebendigem Leib gehäutet. Sie hob einen Arm in Richtung der Tür am Ende des Flurs.

Ein paar lange Schritte später stieß er die Tür auf und trug sie über die Schwelle. Seine Begeisterung wurde jäh gebremst, als er das schmale Bett sah.

»Ja, da wäre noch dieses Problem«, bemerkte sie.

»Wir haben es noch nie in 'nem Bett gemacht. Warum jetzt damit anfangen?«

Sein Griff um sie wurde schwächer und sie wackelte aus seinen Armen und rutschte seinen Körper hinunter. Er musste seine Grenzen kennenlernen. Das Letzte, was sie brauchte, war, wie ein Sack Getreide auf den Dielenboden zu knallen.

Das Zimmer roch ein bisschen muffig, weil es verschlossen gewesen war. In den letzten beiden Nächten hatte sie nicht hier gewohnt, sondern auf der Couch im Erdgeschoss geschlafen. Tatsächlich hatte sie sich seit ihrer Ankunft nicht einmal die Mühe gemacht, die Schlafzimmer zu inspizieren. Sie war zu sehr damit beschäftigt gewesen, die Vorbereitungen für ihren Paps zu treffen und die Möbelpacker zu beaufsichtigen.

Aber er und sie würden auf keinen Fall im Kingsize-Bett ihrer Eltern schlafen. Zumindest nicht, bis sie das Zimmer so umgestaltet hatte, dass es sich nicht so anfühlte, als könnten ihre Eltern jeden Moment hereinspazieren. Vielleicht war schlafen das falsche Wort dafür.

Bray riss die Bettdecke vom Bett und breitete sie über den Webteppich auf dem Boden aus. Er winkte mit seinem Arm über das provisorische Bett. »Für Mylady.«

Mal prustete. Ihre Gedanken waren in diesem Moment nicht einmal annähernd ladylike. »Setz dich.«

Mit einem breiten Grinsen gehorchte er und setzte

sich auf den Rand der Matratze. Sie ließ sich zwischen seinen Schenkeln auf die Knie fallen, wenn auch nicht so anmutig, da sie sich an seinem Knie abstützen musste. Mit einem kräftigen Ruck zog sie ihm erst den einen und dann den anderen Cowboystiefel vom Fuß und warf die abgenutzten, lederbezogenen Stiefel auf die Seite.

Es war so lange her, dass sie ihn nackt gesehen hatte, es war so lange her, dass sie in seinen Armen gelegen hatte. Niemals hätte sie gedacht, dass sie wieder genau da sein würde, wo sie begonnen hatte.

Mit ihrem Cow-Boy.

Mit einem Kribbeln im Bauch griff sie ihm in die Jeans und zog ihm die Socken aus, wobei ihre Finger über die leichten Haare an seinen Waden strichen.

»Steh auf«, befahl sie.

Er erhob sich auf seine Füße und baute sich über ihr auf, ihren Kopf auf Höhe der Oberschenkel. Sie drehte ihr Gesicht nach oben und sah, wie er sie anstarrte, das Licht in seinen Augen war jetzt dunkel, ernst. Er strich ihr eine Haarsträhne hinters Ohr und sie drückte ihr Gesicht für eine Sekunde an seine Hand, bevor sie nach oben griff, um seinen Gürtel zu öffnen und den Verschluss seiner Jeans aufzuploppen. Mit einer unerträglichen Ruhe schob sie den Reißverschluss nach unten. Die dunkelblaue Baumwolle seiner Boxershorts zeichnete sich in dem V ab, das der offene Jeansstoff bildete.

Ungeduldig schob sie ihm die Levi's die Beine hinunter und er trat aus ihnen heraus. Das krause Haar entlang seiner Beine hob sich dunkel von seiner gebräunten Haut ab. Kräftige Muskeln formten seine Waden und Oberschenkel.

Ja, er war auf jeden Fall reifer geworden. Sie stand auf, wobei sie die Stelle ausließ, die sie am meisten erkunden wollte. *Vorfreude.* Sorgfältig schob sie die Knöpfe seines Flanellhemds durch die Löcher und arbeitete sich an seinem Oberkörper hinunter. Als es offen war, ließ sie ihre Hände in sein Hemd gleiten und schob es über seine Schultern, sodass es vergessen auf den Boden fiel. Sie griff nach dem Saum seines Unterhemdes und zerrte daran, bis er ihr half, es loszuwerden.

Mal trat zurück, ihr Herz hämmerte wie wild. Sie strich mit ihrer Handfläche über seine Brust, über die kleine Haarpartie zwischen seinen Brustmuskeln, über seine steifen Brustwarzen und folgte der schmalen Linie aus dunklen Haaren bis unter seinen Bauchnabel.

Und jetzt kam der Moment, auf den sie gewartet hatte ... Sie trat näher und umschloss seine Oberschenkel, während sie seinen Sack durch den Stoff hindurch umfasste. Er lag schwer und warm in ihren Fingern, als sie ihn sanft drückte. Sein Atem strich durch ihr Haar, und sie merkte, wie sich seine Muskeln anspannten. Ohne ihn loszulassen, griff sie mit ihrer freien Hand in seine Boxershorts und nahm seine harte Länge in ihre Finger, um den samtigen Stahl zu streicheln.

Bray stöhnte und nahm ihr Kinn in seine Hand, um ihr Gesicht nach oben zu neigen. »Du könntest sie ausziehen, weißt du.«

Sie begegnete seinem Blick und schenkte ihm ein verführerisches Lächeln. »Ach, kann ich das, Cow-Boy?«

»Das wird sogar wärmstens empfohlen, Prinzessin.« Er beantwortete ihr Lächeln mit einem verruchten Grinsen. Einem zehenrollenden, pussydurchnässenden Grinsen.

»Wenn ich die ausziehe, bin ich die Einzige, die angezogen ist.«

»Tja, das können wir natürlich nicht zulassen. Du

weißt schon, Gleichberechtigung und so«, sagte er, und sein Country-Akzent war stärker als sonst.

Mal übernahm den gleichen Klang – bei dem sie so hart gekämpft hatte, um ihn loszuwerden – in ihre eigenen Worte. »Ja, das wäre eine verdammte Schande.«

»Ah, da ist ja meine Prinzessin«, murmelte er. Und bevor sie sich daran erfreuen konnte, ihm die Boxershorts vom Leib zu reißen, hatte er sie schon ausgezogen und quer durch den Raum geworfen. Da wurde wohl jemand ungeduldig.

Vielleicht war es aber auch nicht nur er.

»Setz dich und spreize diese wunderbaren Schenkel.«

Ein Kribbeln durchfuhr sie, als er wieder einmal sofort tat, was sie befohlen hatte. Und er tat es auch ohne irgendwelche Fragespiele. Das war eine erfrischende Abwechslung zu dem, womit sie sich jahrelang herumschlagen musste.

Sie ließ sich auf den Boden sinken, schob sich zwischen seine Beine, packte seine Erregung und nahm ihn in den Mund, ohne auch nur ein ›Hallo‹.

Ihr Blick schweifte zu seinem Gesicht und soweit sie es beurteilen konnte, würde er wohl keine Beschwerde deswegen einreichen. Seine Augenlider waren schwer, sein Mund leicht geöffnet und sein Atem klang ein wenig rasselnd, während sie seinen berauschenden, maskulinen Genuss probierte. Mit ihrer Zunge fuhr sie den Puls entlang seiner dicken Ader nach, bevor sie nach oben wanderte und um die Krone seines Schwanzes kreiste. Sie genoss den salzigen Geschmack seiner Lusttropfen und den Duft von irgendeiner einfachen Seife. Nichts Ausgefallenes. Wahrscheinlich die gute alte Dove.

Dieser Mann würde nicht im Traum daran denken, Hunderte von Dollar für teure Hautpflegeprodukte wie Cremes, Eau de Cologne, Aftershave, Körpersprays und all den anderen metrosexuellen Unsinn auszugeben, nach dem die Männer um sie herum in New York City süchtig waren. Mal konnte sich nicht einmal vorstellen, Bray ein solches Produkt zu empfehlen. Er würde sie wahrscheinlich schallend auslachen.

Nicht, dass sie das tun würde. Er roch gut, sauber, wie ein guter alter Landbursche. Sie schloss die Augen, als sie mit ihren Lippen und ihrer Zunge und ein bisschen von ihren Zähnen an ihm entlangfuhr. Er roch wie ihr Cow-Boy.

Sie packte die Wurzel seines Schwanzes fester, als sie ihr Tempo erhöhte und er einen tiefen, erstickten Laut von sich gab. Das Vergnügen vibrierte entlang ihrer Wirbelsäule. Ihr Verlangen nach ihm in diesem Moment, in dieser Sekunde, durchnässte sie und ließ sie noch härter saugen.

Finger zerrten an ihrem Haar, erst sanft, dann wurde der Druck stärker. Mal schaute zu ihm hoch, seine Augen waren fest geschlossen und sein Atem ging schwer. Er murmelte wieder und wieder irgendetwas vor sich hin, bis sie begriff, was er sagte.

»Du musst aufhören. Oh Gott! Du musst aufhören. Mal, bitte …«

Sie befreite ihn sofort sowohl von ihrem Mund als auch von ihren Fingern und lehnte sich zurück auf ihre Fersen.

Seine Augenlider öffneten sich kaum, als er mit dem Daumen über ihre feuchten Lippen strich. »Mein Gott, ich war kurz davor zu explodieren.«

»Ist das nicht genau der Sinn der Sache?«

Bray packte sie an den Ellbogen und zog sie auf die Füße. »Nicht heute Abend. Nein. Zumindest nicht so. Es gibt etwas anderes, das ich lieber tun würde.«

Sie auch. Aber sie war immer noch angezogen und

das stellte ein Problem dar. Sie wusste nicht, ob sie die Geduld haben würde, Bray ihre Klamotten ausziehen zu lassen. Und sie glaubte auch nicht, dass Bray sie hatte. Also riss sie sich so schnell sie konnte die Kleider vom Leib und schlug seine Hände weg, als er ihr helfen wollte. Nein, er würde sie nur ausbremsen. Sie schleuderte sie durch den Raum, ohne sich darum zu kümmern, wo sie landeten. Ein Stiefel knallte gegen die Kommode und warf ein paar Nippsachen um, die sie als Teenager gesammelt hatte. Eine Porzellanfigur krachte auf den Boden und zersprang in tausend Stücke.

Sie war bereit, das Gleiche zu tun. Sie wollte — *brauchte* — einen explosionsartigen Höhepunkt von epischem Ausmaß. Und sie hoffte verdammt noch mal, dass ihr ehemaliger Geliebter diesen zustande bringen würde. Es war schon so lange her, dass sie einen Orgasmus erlebt hatte, der nicht von ihr selbst ausgelöst worden war.

Ihr Misstrauen gegenüber Männern, nachdem sie sich mit ihrem Hund von einem Ehemann herumgeschlagen hatte, hatte sie eine Zeit lang davon abgehalten, sich mit Männern zu treffen. Aber während sie Bray anstarrte, wusste sie, dass sie diesem Mann vertrauen konnte. Für immer.

Sie vertraute ihm, dass er sie über den Rand der Klippe stoßen würde, wo sie bereit war, ihre Flügel auszubreiten und noch einmal abzuheben.

Braydon stand auf und nahm sie in seine Arme, die nackte Haut der beiden war warm und weich an den Stellen, an denen sie sich aneinanderpressten. Der Hauch seiner Haare kitzelte ihre Beine und Brüste.

»Du bist so schön«, flüsterte er ihr ins Ohr. »Du bist mit dem Alter nur noch besser geworden, Mal. Dein Körper ist perfekt.«

Okay, den letzten Satz glaubte sie nicht ganz, aber er brachte ihr Herz trotzdem zum Schmelzen. Seine Erektion drückte gegen ihren Bauch und ließ ihre Ungeduld auf Warpgeschwindigkeit ansteigen.

»Nimm mich, Cow-Boy.«

Seine Muskeln spannten sich gegen sie, als er sie auf den Boden und in sein improvisiertes Bett zog. »Verstanden, Prinzessin. Euer Wunsch ist mir Befehl.«

Ihr Kichern verstummte schnell, als er an ihrem Körper hinauffuhr und sich über ihr hielt, damit er jeden Zentimeter inspizieren konnte. Normalerweise würde sie einen Anfall von Verlegenheit erleiden, aber sie realisierte, dass dies ihr Cow-Boy war. Er sah sie nicht als Versagerin an. Er sah ihre Mängel nicht.

Sie griff nach seinem Hinterkopf, presste ihre Lippen auf seine und küsste ihn hart und innig. Mit einem Stöhnen sank er auf ihren Körper und nahm eine Brustwarze zwischen seine Finger, um daran zu ziehen, sie zu drehen und sie zu streicheln. Ihre Nippel waren bereits schmerzhaft angespannt und seine Handlungen brachten sie dazu, ihren Rücken zu krümmen und mehr zu wollen.

Er unterbrach den Kuss, um ihre andere Brustwarze in seinen Mund zu nehmen und seine Zunge um die harte Erhöhung zu legen. Mal stemmte ihre Hüften gegen ihn, wieder einmal ungeduldig darauf wartend, dass er tief in ihr steckte. Sie brauchte diese Erfüllung, diese Verbindung.

Das Gefühl, wie seine Zähne ihre Brustwarzen streiften, durchzuckte sie und landete in ihrem Inneren. »Ernsthaft, Bray, du musst mich nehmen, und zwar *jetzt*!« Ihre Nägel gruben sich in seinen Rücken und kratzten an seiner Haut, bis sie seinen Hintern erreichte, wo sie beide Backen packte und seine Hüften näher zu sich heranzog, sodass sein Schwanz zwischen ihre Beine stieß.

»Ich will nicht hetzen.« Er stöhnte und ließ seinen Kopf hängen, während er die Augen zudrückte.

Die überwältigende Frustration brachte sie in Versuchung zu schreien: *Es ist mir egal, was du willst. Fick mich!* Aber das tat sie nicht. Es war ihr nicht egal. Obwohl er so hart war, hätte er wahrscheinlich nicht widersprochen, wenn sie das rausgelassen hätte.

Sie stupste ihre durchnässte Pussy gegen die Krone seines Schwanzes, um ihn zu ermutigen, sich zu beeilen. Stattdessen zog er sich leicht zurück. Mal fluchte leise und war kurz davor, vor Frustration in Flammen aufzugehen.

»Ähm, ich brauche meine Jeans.«

»Wofür?«, fragte sie, ihre Stimme war gereizt.

Er konnte sich weit genug nach vorn lehnen, ohne seinen Körper von ihrem zu lösen, um den Rand seines Hosenbeins zu erwischen und seine Levi's zu sich zu ziehen. Er kramte sein Portemonnaie hervor, holte ein Kondom heraus und hielt die zerknitterte Verpackung hoch.

Oh. Ja. Richtig.

In Rekordzeit war er umhüllt und die Krone seines Schwanzes teilte ihre geschwollenen Schamlippen. Sie stöhnte erleichtert auf und spreizte ihre Schenkel weiter, als er vorstieß. Er dehnte sie langsam, füllte sie aus, bis er nicht mehr tiefer gehen konnte.

Er stieß einen langen, zitternden Atemzug aus, seine Augen waren geschlossen. »Fuck, Mal. Du fühlst dich so gut an …« Er zog sich so langsam zurück, wie er eingedrungen war. »So heiß.« Er spannte seine Hüften unter ihren Fingern an und drang wieder tief ein. »So eng.«

Sie hakte ihre Knöchel um seine Waden und neigte

ihre Hüften, um den Winkel leicht zu verändern. »Ich habe dich in mir vermisst, Bray. Ich bin für dich gemacht. Nur für dich.« Wahrscheinlich würde sie dieses Geständnis später bereuen, aber im Moment musste sie es einfach sagen. Und sie meinte es ernst. Sie hatten immer perfekt zusammengepasst. Wie zwei Teile eines Puzzles.

Ihr Paps hatte nie verstanden, dass sie eine unzerstörbare Verbindung hatten. Selbst jetzt, Jahre später, war es offensichtlich. Die Verbindung mochte ein wenig ausgefranst sein, aber sie existierte noch.

Emotionen stiegen in ihrer Brust auf, als er sich in ihr, über ihr bewegte. Sie begegnete ihm Stoß für Stoß und wünschte sich, dass es niemals enden würde. In den letzten vierzehn Jahren war sie um das Zusammensein mit diesem Mann beraubt worden. Das schmerzte. Sie liebte ihren Vater und wusste, dass er es gut gemeint hatte, aber trotzdem … Tränen rutschten ihr aus den Augenwinkeln. Sie wollte Bray nicht loslassen, nicht einmal für eine Sekunde, um sie wegzuwischen. Also drückte sie ihn fester an sich und beide stöhnten, während er immer heftiger in sie eindrang. Er machte sie noch einmal zu der seinen. Er stärkte die Verbindung, damit sie nicht mehr am Rande des Zerreißens war.

Ihr Orgasmus überrollte sie nicht wie eine Flutwelle. Er baute sich langsam auf, krampfte ihre Muskeln zusammen und ließ ihre Zehen kribbeln. Sie warf ihren Kopf zurück, öffnete den Mund und stieß einen tiefen, zufriedenen Laut aus, der am Ende zu einem Seufzer wurde.

Brays Tempo wurde hektischer. Er wischte ihr eine der Tränen von der Wange und fragte leise: »Geht es dir gut?«

»Perfekt«, antwortete sie und nahm sein Gesicht in

ihre Hand. Es könnte ihr wirklich nicht besser gehen, denn sie hatte nie damit gerechnet, dass dieser Moment eintreten würde. Aber er war da, und sie war so froh, wieder zu Hause zu sein. Nicht nur in Kansas, sondern auch in den Armen ihres Cow-Boys.

Sie verdrängte das Bedauern der Vergangenheit und konzentrierte sich auf den Mann über ihr, seine Bewegungen, seine Geräusche. Er fixierte ihre Handgelenke über ihrem Kopf und knirschte mit den Zähnen, als er sie härter und heftiger fickte. Er flüsterte immer wieder ihren Namen, bis sie von ihrem Höhepunkt überwältigt wurde. Dieses Mal schossen die Wellen von ihrem Inneren bis zu ihrem Kopf und hinunter zu ihren Zehen.

Sie schrie seinen Namen und er eroberte ihren Mund, während er seinen Körper anspannte und sich in ihr entlud.

Sie wurden beide still, das einzige Geräusch im Raum war ihr schnelles Atmen. Er drückte seine Stirn einen Moment lang gegen ihre, bevor er sich neben ihr fallen ließ. Er umfasste ihre Taille und zog sie an sich. Mit einem zufriedenen Seufzer schmiegte sie sich in seine Umarmung.

Sie vermisste sein längeres Haar, das sie ihm immer von der Stirn und aus den Augen gestrichen hatte. Jetzt war es kurz und ordentlich geschnitten, ein reiferer Look als sein zotteliges Haar in der Jugend.

Da er auf der Seite lag, strich sie mit ihren Fingern über seinen Arm und über seinen Brustkorb. Sie hielt inne, als sie eine gezackte Narbe an der Unterseite seiner Rippen und seiner Taille erreichte. Die Haut sah immer noch leicht schrumpelig und rosa aus, aber zum größten Teil sah sie alt aus.

»Wie ist das passiert?«

»In der Tierarztschule«, antwortete er schläfrig. »Eine Färse wollte nicht, dass ich ihr Euter anfasse. Sie hatte Mastitis.«

»Autsch.«

»Für sie oder für mich?«

»Beide.«

Er nickte und rollte sich dann von ihr weg, um seinen Rücken zu zeigen.

Eine große, längliche Narbe saß zwischen seinen Schulterblättern, wo es so aussah, als ob dort Haut gefehlt hätte. Die Haut glänzte und war an den Rändern faltig.

Sie berührte sie sanft.

»Der störrische Hengst hat mich gebissen, als ich an seinem Stall vorbeiging. Er streckte sich aus und *bäm*. Ein Stückchen meiner Haut flatterte im Wind. Er hat auch eines meiner Lieblingshemden ruiniert.«

»Arschloch«, sagte sie.

»Das war er wirklich. Aber ich habe zuletzt gelacht, als ich ihn kastriert habe.«

»Hast du seine Eier als Souvenir behalten?«

Bray lachte leise und rollte sich zu ihr zurück. »Verdammt, Frau, das ist gemein.«

»Aber du hast sie behalten, oder?«

»Jupp. Sie stehen in einem Einmachglas mit Formaldehyd auf einem Regal in meinem Büro als Erinnerung.«

»Eine Erinnerung daran ...«

»Wie leicht man die Dinge verlieren kann, die man am meisten schätzt.«

In seinen Augen lagen mehr Weisheit und eine stille Traurigkeit, die in seiner Jugend nicht existiert hatte. Er war immer gut gelaunt gewesen und bereit, es mit der Welt aufzunehmen.

Jemand hat ihn besiegt.

Jemand hat seine Eier in ein Gefäß gesteckt.

Mal wollte die Person kennenlernen, die ihren unbekümmerten Cow-Boy zu dem Schatten eines Mannes gemacht hatte.

Kapitel Fünf

MAL WANDERTE in seinem kleinen Büro herum. Er hatte gesagt, dass er sich vorgenommen hatte, es ein wenig aufzuräumen, bevor sie es sah, aber sein voller Terminkalender hatte das nicht zugelassen. Also musste sie es so sehen, wie es war.

Sie berührte ein paar Dinge, während sie den Raum durchstreifte, und hielt inne, um die College-Abschlüsse an seiner Wand zu betrachten. Daneben hingen ein paar Bilder von ihm und einem Jungen in verschiedenen Wachstumsstadien. Vielleicht ein Neffe oder so. Aber das interessanteste Bild zeigte ihn mit einem unbezahlbaren, entschlossenen Gesichtsausdruck, während er schultertief in der Analhöhle einer Kuh steckte. Sie prustete. »Suchst du nach ihren Mandeln?«

Er lachte spöttisch. »Du weißt genau, was ich da tue. Versuche nicht mal so zu tun, als ob du es nicht wüsstest.«

Leider wusste sie es. Wenn man auf einer Milchfarm aufwuchs, gewöhnte man sich an eine Menge ekliger Dinge. Vor allem, wenn es um die Geburt von

Kälbern ging. Ganz zu schweigen von den zig Malen, die sie mit Kuhfladen bespritzt wurde. Es war die ultimative Rache der Rinder, zu scheißen, wenn ein Mensch hinter ihnen herlief. Sie lernten, sich zu ducken und in Deckung zu gehen, wenn das Tier auch nur den Schwanz anhob.

Er näherte sich ihr von hinten, schlang seine Arme um ihre Taille und atmete den Duft ihres Haares ein. »Letzte Nacht war einfach nur ...«

Sie legte ihre Hände auf seine und wiegte sich in seinen Armen. »Ich weiß.«

Er drehte sie beide zu seinem Schreibtisch und neigte sein Kinn in Richtung des Regals dahinter. In diesem Moment bemerkte sie das große Glas mit den übergroßen *Cojones* darin. Mal lachte. »Du hast das ernst gemeint.«

»Natürlich.«

»Verdammt, ich werde dafür sorgen, dass ich dich nie verärgern werde.«

Er zog sie fester an sich und vergrub seine Nase in ihrem Haar. »Ich mag deine Körperteile genau da, wo sie sind, aber danke sehr.«

»Gut zu wissen.«

Er bewegte sich hinunter zu ihrem Ohr und strich ihr das Haar aus dem Weg, um mit seiner Zunge über die zarte Muschel zu fahren. Sie legte ihren Kopf leicht schief und seufzte. Seine warme Brust drückte sich gegen ihren Rücken, seine Hände strichen über ihren Unterleib, und er ließ keinen Zweifel daran, dass er einen Dicken bekam. Sie fragte sich, ob das Büro ein Schloss an der Tür hatte.

Zu spät, dachte sie, als die Tür aufgerissen wurde. Sie traten auseinander und drehten sich beide um, um den Eindringling zu begrüßen.

Die letzte Person, die Mal jemals erwartet hatte, betrat das kleine Büro wie ein Wirbelwind.

Die verfluchte Kaitlyn Miller.

Die Dairy Princess.

»Margie hat gesagt, dass du hier drin bist.« Ihre Stimme klang für Mal wie Nägel auf einer Kreidetafel. Aber Mal konnte nie auch nur *irgendetwas* an der anderen Frau leiden.

Bray murmelte einen Fluch, aber er war laut genug, dass Mal ihn hören konnte. Bray hatte sie auch nie gemocht.

»Du musst … Oh!« Sie blieb abrupt vor Brays Schreibtisch stehen. Die Armreifen, die sie trug, klirrten, als sie die Hände in die Hüften stemmte und den Kopf schief legte. Kaitlyn sah genauso aus wie damals in der Highschool. Perfekt gestyltes blondes Haar, perfekt geschminktes Gesicht, perfektes Outfit … perfekt ekelerregend.

Sie war schon immer darauf aus gewesen, die Aufmerksamkeit aller Jungs auf sich zu ziehen, und so wie sie sich jetzt kleidete, schien das immer noch der Fall zu sein. Ihre tief ausgeschnittene Bluse verbarg nichts, ihre engen Leggings ebenso wenig. Sie waren so weit oben in ihrer Mumu …

Mal schüttelte den Kopf. Sie war jetzt erwachsen. Die gute alte Kaitlyn sollte nicht mehr so einen Einfluss auf sie haben.

Die andere Frau ließ ihren Blick an Mal auf und ab wandern und blinzelte dann. »Verdammt. Du bist die letzte Person, die ich im Büro meines Ehemanns erwartet hätte.«

Mals Herz setzte einen Schlag aus und sie griff mit einer Hand nach dem Schreibtisch, um sich zu fangen. Ihr Gehirn drehte sich wie ein Kreisel.

»Ex-Ehemann«, korrigierte Bray und verzog sein Gesicht. Er stellte sich vor Mal. Sie wusste nicht, ob er sie vor Kaitlyn schützen wollte oder umgekehrt.

Vierzehn Jahre später brodelte der Hass zwischen den beiden immer noch und verdickte die Luft.

Kaitlyn wedelte mit einer sorgfältig manikürten Hand durch die Luft. »Wie auch immer.«

»Was willst du, Kait?«, fragte Bray, seine Worte waren schroff. »Geld, klar. Aber wofür dieses Mal?«

Kait schürzte ihre leuchtend roten Lippen und sah Mal an, die sie im Gegenzug über Brays Schulter hinweg anstarrte.

Mals Erzfeindin stemmte eine Hand in ihre Hüfte. »Nate will ein neues Videospiel.«

Nate.

Nathaniel war der Name von Brays Vater gewesen. Mals Blick glitt zu den Fotos von Bray und dem Jungen. Ihr wurde ganz mulmig zumute. Der Gedanke, dass Bray ein Kind mit dieser Frau haben könnte, machte sie krank. Vor allem, weil Mal sich so sehr ein Kind gewünscht und stattdessen eine vernichtende Fehlgeburt erlitten hatte.

Das Leben war so verdammt ungerecht. Sie wollte sich an den beiden vorbeidrängen, aus diesem Büro und aus seinem Leben verschwinden und immer weiterlaufen, bis der Schmerz nicht mehr existierte.

»Wenn ich Nate noch ein Videospiel kaufen will, werde ich es selbst besorgen. Und das Letzte, was er braucht, ist ein weiteres Videospiel. Er soll rausgehen und Fahrrad fahren, sich schmutzig machen oder mit seinen Freunden spielen.«

»Ich werde dran denken, ihm zu sagen, dass sein Vater ihn nicht genug liebt, um ihm das Spiel zu kaufen, das alle seine Freunde haben.«

Bray prustete. »Tu das. Denn das ist es, was gute Mütter tun. Sie hetzen ihr Kind gegen seinen Vater auf. Vor allem, wenn es um so einen belanglosen Bullshit geht.«

Kaitlyn zuckte mit den Schultern, als ob es ihr scheißegal wäre, was Bray dachte. Die Frau wirbelte auf ihren hochhackigen Stiefeln herum und verließ den Raum auf demselben Weg, auf dem sie hereingekommen war – in rasendem Tempo.

Mal blieb wie erstarrt stehen, bis sie die Tür zuschlagen hörte und sie beide in der Stille standen.

***

MAL TRAT UM IHN HERUM, mit großen Augen und blassem Gesicht. »Sie ist die, die du geheiratet hast?«

Er konnte ihren Schock verstehen. Die beiden Frauen mochten sich in der Highschool nicht. Genau genommen waren sie absolute Gegensätze und erbitterte Konkurrentinnen. Warum also hatte Bray, wenn er Mal geliebt hatte, eine Frau geheiratet, die so ganz anders war als sie?

Gute Frage. Und er erinnerte sich an den Grund. Zum millionsten Mal. »Sorry.«

Ihre Augenbrauen wanderten zu ihrem Haaransatz. »Sorry? Bray, ich verstehe es einfach nur nicht … Ich habe …« Sie stieß einen langen, geräuschvollen Atemzug aus. »Ich muss gehen. Ich muss hier raus.«

Sie drehte sich, um zu gehen, und als sie nach dem Türknauf griff, eilte Bray hinter ihr her, legte eine Hand auf ihre und zog sie sanft von der Tür weg.

»Geh nicht. Bitte«, flehte er. »Zumindest jetzt noch nicht.«

Sie drehte sich zu ihm um, der Schmerz und die

Enttäuschung waren deutlich in ihren Augen zu sehen. »Ich verstehe das nicht. Aber du brauchst es mir auch nicht zu erklären. Es ist dein Leben. Deine Entscheidungen.«

Und doch wollte er ihr alles erklären. Seitdem ihr Paps gestorben war und Bray gehört hatte, dass sie in die Stadt zurückkommen würde, hatte er sich vor dem Moment gefürchtet, in dem sie von seiner Heirat erfuhr. Er hatte keine andere Reaktion von ihr erwartet. Außer, dass sie ihm vielleicht einen Sucker-Punch verpassen würde. Er schaute auf ihre zu Fäusten geballten Hände hinunter und erkannte, dass er vielleicht noch nicht außer Gefahr war.

Nicht alles in seinem Leben war wie geplant verlaufen; er hatte viele Fehler gemacht. Aber verdammt noch mal, er wollte nicht, dass Mal ein weiterer war. Er wollte sie nicht zweimal verlieren. »Möchtest du sehen, wo ich wohne?«

Sie lief in dem kleinen Raum auf und ab wie ein eingesperrtes Tier. »Versuchst du, das Thema zu vermeiden?«

»Nein.«

»Scheiße, Bray. Das war die letzte Person, die ich erwartet habe.«

»Ich weiß«, sagte er leise.

Sie blieb stehen und warf ihm einen finsteren Blick zu. »Was hast du dir dabei gedacht?«

»Ich habe nicht gedacht.«

Sie warf die Hände hoch und seufzte. »Offensichtlich.«

»Kommst du mit zu mir nach oben auf den Dachboden?«

»Nach oben?«

»Es ist nur eine Etage höher.«

Kait hatte sich über ihn lustig gemacht, weil er in den leeren Raum über seiner Klinik gezogen war, ein weiterer Grund für sie, ihn einen Versager zu nennen. Aber es funktionierte und es machte ihm nichts aus. Und er bezweifelte, dass Mal seine Wohnsituation genauso sehen würde wie Kait.

Verwirrung machte sich in ihrem Gesicht breit. »Du wohnst nicht auf der Farm?«

»Bitte. Komm mit nach oben. Ich werde dir alles erklären. Ich erzähle dir alles, was du wissen willst.« Er warf ihr einen flehenden Blick zu, in der Hoffnung, dass sie sich dadurch erweichen ließ und ihm eine Chance gab, alles zu erklären.

»Noch mal, Bray, du musst das nicht tun.«

»Ich will aber.« Er reichte ihr seine Hand. »Bitte.«

Als sie ihre Finger in seine schob, überkam ihn ein Gefühl der Erleichterung.

»Komm mit«, drängte er sie, öffnete die Bürotür und führte sie in den hinteren Teil der Klinik. Er holte einen Schlüssel aus seiner Tasche und schloss die Tür zum Treppenhaus auf, das zu seiner Unterkunft führte.

Sie folgte ihm leise, und als sie oben an der Treppe angekommen waren, ließ er sie los. Sie ging in die Mitte des kleinen, aber offenen Dachbodens und drehte sich langsam um, um alles in sich aufzunehmen. Mit ihr darin, sah er seine Räumlichkeiten mit anderen Augen. Es war nicht viel, nur ein weitläufiger Raum mit einem Kingsize-Bett, einer kleinen offenen Küche mit einem abgenutzten Tisch für zwei daneben, einer Ecke für seinen Fernseher, einer veralteten Couch und seinem Lieblingssessel. Der einzige abgetrennte Bereich war das einfache Badezimmer. Sein Dekor war gleich null. Ein paar Teppiche auf dem billigen, honigfarbenen Parkettboden und hier und da ein paar Fotos von ihm und Nate.

Die meisten Möbel stammten von der Farm seiner Eltern.

»Das hätte ich mir nicht mal in meinen kühnsten Träumen vorstellen können«, murmelte sie.

»Es ist ja nicht so, als ob ich eine Wahl gehabt hätte.« Er versuchte, die Bitterkeit und Enttäuschung aus seiner Stimme zu halten. Aber es fiel ihm schwer.

Ihr Blick blieb auf ihm haften. »Wie meinst du das?«

»Willst du was trinken?«

Sie zog eine Augenbraue hoch. »Hast du Platz für Alkohol in dieser Bude?«

»Ich habe Bier im Kühlschrank, Limo und eine Flasche Whiskey. Die Grundausstattung.«

»Wie wär's mit einem ganzen Bottich Whiskey mit einem Spritzer Limo?«

Das Gleiche brauchte er auch. Mit einem Nicken kramte er den Whiskey aus einem der Küchenschränke, holte dann zwei kleine Gläser und eine Dose Cola aus dem Kühlschrank. Er machte sich auch einen Drink. Er trug die Getränke hinüber ins *Wohnzimmer* und blieb vor der Couch stehen. »Komm, setz dich«, forderte er sie auf.

Als sie näher kam, bot er ihr eines der Gläser an. Sie nahm einen Schluck und hustete.

Bray konnte nicht anders, als über ihr verkniffenes Gesicht zu lachen, als sie mit der Stärke des Getränks kämpfte. »Zu stark?«, fragte er, obwohl er wusste, dass sie es nie zugeben würde, wenn es so wäre.

Ihre schönen dunkelbraunen Augen tränten nach ihrem Hustenanfall ein wenig. »Nein. Ich glaube, es ist genau richtig für das, was ich gleich hören werde.«

»Da könntest du recht haben.« Er hatte keinen Zweifel, dass sie recht hatte. Er war fest entschlossen, ihr alles zu erzählen, was in den letzten vierzehn Jahren passiert war. Okay, vielleicht nicht alles. Eher die Kurzversion.

Sie ließ sich auf der Couch nieder und nahm einen weiteren zaghaften Schluck aus dem Glas. Anstatt sich zu ihr zu setzen, ging er zum Tisch hinüber, schnappte sich einen Holzstuhl und stellte ihn direkt vor sie. So nah, dass ihre Knie zwischen seinen waren, als er sich setzte. Er musste ihr ins Gesicht sehen, ihren Gesichtsausdruck beobachten, während er sich ihr gegenüber öffnete.

Er holte tief Luft, um zu beginnen, aber sie unterbrach ihn direkt.

»Was für ein Unterschied zu dem Haus, in dem du aufgewachsen bist.«

Ja, das war es definitiv. »Manchmal ist eine Veränderung gut.« Doch tief in seinem Herzen war er sich nicht sicher, ob *er* das überhaupt glaubte.

»Ist es das?«

»Das Schlüsselwort ist *manchmal*.«

Sie lehnte sich zurück und stützte den Ellenbogen des Arms, auf dem sie ihr Getränk hielt, auf den anderen Arm, den sie unter ihren Brüsten verschrankt hatte. »Okay, ich bin bereit. Erzählst du … oder … soll ich Fragen stellen?«

Bray schüttelte den Kopf. »Lass mich anfangen, melde dich, wenn du was wissen willst. Das sollte kurz und nicht besonders knackig werden. Obwohl ich nicht ganz sicher bin, wo ich anfangen soll …«

»Ganz vorne.«

Richtig. Also … »Mein Leben war zu Ende, als dein Vater dich weggeschickt hat, Mal. Ich war am Boden zerstört.«

»Das war ich auch«, flüsterte sie und ihr Blick wurde

traurig. »Aber dein Leben war nicht zu Ende, Bray. Das ist ein bisschen dramatisch, findest du nicht?«

»Mit achtzehn fühlte es sich an wie das Ende der Welt. Du warst die Liebe meines Lebens. Ich dachte, wir wären für immer und ewig zusammen. Dann warst du plötzlich weg. Dein Vater wollte mir nicht sagen, wohin du gegangen bist, obwohl ich ihn so lange angefleht habe. Er wollte keine meiner Fragen beantworten. Er dachte, ich würde ein Milchbauer werden wie er. Und du weißt, wie sehr er dafür gekämpft hat, dich von hier wegzubringen und aus diesem Leben herauszuholen. Trotzdem habe ich gehofft, dass du dich bei mir melden würdest, weil du wusstest, wo ich zu finden bin. Aber das hast du nicht …«

Er wollte ihr nicht die Schuld geben, aber das Thema wieder an die Oberfläche zu bringen, erinnerte ihn auch an den Schmerz, als sie verschwand und er nie wieder von ihr gehört hatte.

Mal schluckte schwer. Wahrscheinlich hatte sie genauso wie er einen unangenehmen Kloß im Hals.

»Es tut mir leid. Ich hätte mir mehr Mühe geben sollen. Paps hat mich durch die Schule gebracht und gesagt, dass er meine Schulkosten nicht bezahlen würde, wenn ich mich noch einmal bei dir melde. Verdammt, ich durfte nicht einmal zu Besuch nach Hause kommen! Und das Letzte, was ich wollte, war, für den Rest meines Lebens eine dumme Hinterwäldlerin zu sein oder die Enttäuschung in seinen Augen zu sehen. Ich wusste, dass es da draußen mehr gab als Volksfeste, Kuhscheiße und Dairy Princesses und Princes. Ich habe ihm versprochen, dass ich dich gehen lasse. Und das habe ich getan. Es hat mich auch umgebracht, Cow-Boy. Ich schwöre es.«

Bray schloss die Augen und dachte an den letzten

Morgen, als Mals Paps ihn verjagt hatte. Ein Moment, den er immer wieder durchlebt hatte.

Er redete weiter, ohne ihr in die Augen zu sehen, während die Worte einfach nur aus ihm heraussprudelten. Er wollte ihren Schmerz, ihre Vorwürfe oder was auch immer sie sonst noch fühlen könnte, nicht sehen, als er ihr den Rest erzählte. Es war ihm peinlich, zuzugeben, dass er mit Kaitlyn geschlafen hatte, weil er verletzt und wütend gewesen war. Kait hatte immer mit Mal um seine Aufmerksamkeit konkurriert und war ihm unermüdlich hinterhergelaufen, bis er völlig erschöpft gewesen war.

»Ich dachte, sie wäre nur auf der Suche nach einer Kerbe an ihrem Bettpfosten. Ich hatte keine Ahnung, warum sie so an mir interessiert war.« Er war nichts Besonderes und seine Familie war sicher nicht reich. Ihre Milchfarm war nicht annähernd so groß oder erfolgreich wie die von Mals Vater.

»Die paar Mal, die ich mit Kaitlyn geschlafen habe, hat sie mich angetrunken bei einem Lagerfeuer oder einer Feldparty erwischt. Aber das war keine Entschuldigung.« Er fuhr sich mit der Hand durchs Haar und rutschte auf seinem Stuhl hin und her. »Wenn ich zu einhundert Prozent nüchtern war, wollte ich nichts mit ihr zu tun haben. Und das hat sie wütend gemacht. Kait konnte nicht verstehen, warum nicht jeder Mann in der Tri-County-Region mit ihr zusammen sein wollte. Vor allem nicht bei mir.«

»Der Tag, an dem sie bei meinen Eltern auftauchte, um mir mitzuteilen, dass sie schwanger ist, war der schlimmste Tag aller Zeiten. Meine Eltern waren wütend. Ihre Eltern waren stinksauer. Niemand außer Kait war glücklich darüber.«

Was ihn misstrauisch gemacht hatte. Die paar Mal,

die er mit ihr geschlafen hatte, hatte er sich geschützt, also ergab es keinen Sinn. Nach Nates Geburt hatte er heimlich einen DNA-Test gemacht, um sicherzugehen, dass das Baby von ihm war. Und er war es, daran bestand kein Zweifel. Entweder war Bray ausgetrickst worden oder das Kondom hatte versagt. Aber dieses Versagen war nur eines von vielen, die noch kommen sollten.

»Ich habe Kait geheiratet. Ich musste es tun. Aus Pflichtgefühl und auf Druck beider Familien hin hatte ich keine andere Wahl. Und natürlich endete sie, wie die meisten Zwangsehen, in einer Katastrophe. Kein Wunder. Nichts war je gut genug für sie.« Er hatte nicht genug Geld verdient. *Versagt.* Er hatte es sich nicht leisten können, ihr schöne Dinge zu kaufen. *Versagt.* Sie waren gerade so über die Runden gekommen, während er das College und die Tierarztschule besucht und gleichzeitig versucht hatte, für seinen kleinen Sohn zu sorgen. *Versagt.* Er war zur Schule gependelt und hatte dann abends auf der Farm gearbeitet, sodass er nie Zeit für sie hatte. *Versagt.* Am Ende hatten sie bei seinen Eltern gelebt, weil er keinen Cent mehr in der Tasche hatte. *Versagt.* Seine Eltern hatten ihnen geholfen, so gut sie konnten, weil er ein großer dummer Versager war.

»Mein Sohn war das einzig Gute, was aus meiner Ehe hervorgegangen ist.« Als Nate zwei Jahre alt geworden war, zog Bray aus und sie ließen sich schließlich scheiden. Nachdem die Scheidungspapiere unterschrieben worden waren, gab Kait zu, dass sie ihn mit anderen Männern betrogen hatte, in der Hoffnung, einen besseren Ehemann zu finden, der nicht nur ein armer Landtierarzt war.

»Es ärgerte sie maßlos, dass ich Bauern, die sich meine Dienste nicht leisten konnten, kostenlos geholfen habe. Oder dass ich Tauschgeschäfte gemacht habe. Obwohl ich uns mit Freilandeiern, Fleisch und körperlicher Arbeit für Projekte rund um das Haus und den Betrieb versorgt habe, war das nicht genug. Es war nie genug. Ich fing an zu ertrinken, Mal.« Er verschuldete sich in großem Stil. Schulkredite, Kindesunterhalt und Geschäftskosten.

»Das ist auch der Grund, warum ich über meiner Praxis wohne. Um sie zu eröffnen, habe ich die Familienfarm verkauft, und den Verkaufserlös mit meinen Brüdern geteilt, die es kaum erwarten konnten, wegzuziehen. Am Ende hatte ich nicht viel, aber genug, um durchzustarten, und von da an wuchs es. Alle Fälle, die ich nicht bearbeiten kann, gehen an die örtliche Tierarztschule, an der ich studiert habe.«

Er hörte auf zu reden und schaute von der Stelle auf, auf die er gestarrt hatte. Er bemerkte, dass Mals Glas jetzt leer auf dem Boden neben ihr stand. Sie saß mit leicht an die Lippen gepressten Fingern da, als wäre sie entweder schockiert über seine Erzählung oder als würde sie sich bemühen, ihn nicht zu unterbrechen. Die einzige Bewegung war das Blinzeln ihrer Augen, während sie ihn musterte.

»So, jetzt weißt du's. Willkommen in meinem chaotischen Leben. Ich habe nicht viel zu bieten, denn laut meiner reizenden Ex-Frau war ich nichts als ein Versager.«

»Scheiß auf die!« Die Worte waren leise und knurrig. »Scheiß auf die Dairy-Princess-Bitch.«

Vielleicht war der Drink *doch* ein bisschen zu stark gewesen. »Sie ist trotzdem noch die Mutter meines Sohnes.«

»Hol dir das Sorgerecht.«

Das klang einfach, aber er wusste es besser. »Schön

wär's. Aber im Moment kann ich nicht mal den Kitt aus den Fenstern fressen. Ich habe keinen Ort, an dem er bleiben kann, und die Richter hier neigen dazu, Kinder bei ihren Müttern zu lassen. Es sei denn, sie tun etwas wirklich Schreckliches.«

»Das tut mir leid.« Sie sah besiegt aus, auch wenn es nicht ihr Kampf war.

Bray nahm ihre Hände in seine und küsste ihre Finger.

»Du bist kein Versager, Cow-Boy. Ganz. Und. Gar. Nicht. Schau, wie weit du gekommen bist. Ja, vielleicht war der Weg ein bisschen holprig, aber du hast etwas aus dir gemacht. Wie viele Leute können schon von sich behaupten, dass sie ein Medizinstudium abgeschlossen haben?«

»Veterinärmedizin«, korrigierte er sie.

»Alles der gleiche Scheiß.«

»Nicht wirklich.«

»Und du bist immer noch verdammt heiß. Das ist schon mal ein Pluspunkt für dich.«

Bray zuckte mit den Schultern und schenkte ihr ein strahlendes Lächeln. Ja, das stimmte.

»Du bist nicht obdachlos. Du bist nicht am Verhungern. Die Menschen brauchen dich und verlassen sich auf dich. Und du hast einen … einen …«

»Dreizehn.«

»Einen *dreizehnjährigen* Sohn.« Sie blinzelte und löste ihre Hände aus seinem Griff. »Fuck! Ein verdammter Teenager. Wie ist das passiert?«

»Das habe ich doch schon erklärt …«

»Nein. Nein. Ich weiß. Ich meinte nur, dass vierzehn Jahre nur ein kurzer Bruchteil der Zeit sind.«

Vierzehn Jahre waren *wirklich* nur ein kurzer Bruchteil in ihrem Leben. Und wenn es nach Bray ginge, würden sie den Rest der Ewigkeit zusammen verbringen. *Wenn* sie ihn haben wollte. Wieder erinnerte er sich daran, dass er nicht viel zu bieten hatte.

Aber er konnte ihr einen weiteren Drink anbieten. Er hob ihr leeres Glas an.

Sie nickte. »Diesmal mit mehr Cola.«

Mit einem Lächeln brachte er beide Gläser in die Küche. Er verdünnte sein eigenes Getränk, damit er bei klarem Verstand blieb, falls alles nach Plan verlief.

Mit den beiden Drinks in der Hand ging er zurück und stellte sich vor sie. Sie riss ihm ihr Glas aus den Fingern und nahm einen kräftigen Schluck.

Mit dem Bedürfnis, sie zu berühren, sie zu halten, ließ er sich neben ihr auf der alten Couch mit dem hässlichen Siebzigerjahre-Muster nieder. Seine Wohnung und seine Möbel waren eine Blamage. Aber er hatte beschlossen, sie trotzdem hierherzubringen, um ganz ehrlich mit ihr über seine Situation zu sein. Und zwar, dass er gerade so über die Runden kam. Soviel er wusste, war sie in New York City eine erfolgreiche Börsenmaklerin geworden. Mit reichen, erfolgreichen Männern, die teure Geschäftsanzüge trugen, Johnny Walker Blue Label tranken, schicke Sportwagen fuhren und Ferienhäuser an der Küste besaßen, konnte er nicht mithalten.

Er hatte nur sich selbst zu bieten.

Er legte eine Hand auf ihr Knie und drückte leicht zu. Er wünschte sich nichts sehnlicher, als sie in den Arm zu nehmen, sie auf sein Bett zu werfen und sie bis zum Morgengrauen immer wieder zum Höhepunkt zu bringen. Sich ihr vollständig hinzugeben.

Nachdem er den Inhalt seines Glases geleert hatte, griff er nach ihrem und stellte es auf dem Boden ab. Er ließ seine Hand an ihrem Kinn entlang und in ihr Haar gleiten, eine Ermutigung für sie, näher zu kommen. Sie wehrte sich nicht dagegen und öffnete leicht ihren Mund, in ihrem Atem lag der Duft von Cola und Whiskey.

Er leckte über ihre Unterlippe und schmeckte die Süße, bevor er sie zwischen die Zähne nahm, sanft knabberte und mit einem letzten sanften Biss ihre Lippen miteinander verband und den Kuss intensivierte.

Gestern Abend wollte er sie einfach nur festhalten, aber sie hatte mehr verlangt. Heute Abend war er derjenige, der mehr verlangte. Er wollte alles.

»Ich muss in dir sein, Prinzessin«, murmelte er gegen ihre sinnlichen Lippen. »Ich muss ein Teil von dir sein.«

Sie stöhnte auf, was seinen Schwanz anschwellen ließ. »Ja«, flüsterte sie. »Ja. Ich will dich auch.«

Seine Erektion drückte ungeduldig gegen seine Jeans, bereit, noch einmal tief in ihre nasse Hitze einzutauchen. Aber das hier war mehr als Sex. Mehr als ein Fick. Er wollte mit ihr schlafen, sie lieben, die Verbindung spüren, die sie letzte Nacht gehabt hatten. Zum Teufel, die sie vor vierzehn Jahren gehabt hatten.

»Cow-Boy ...«

»Ja?«

»Bring mich ins Bett«, kam ihre heisere Antwort.

Sie brauchte nicht zweimal zu fragen. Er stand auf, hob sie in seine Arme und warf sie dann über seine Schulter. Sie quietschte und lachte, als er sie quer durch den Raum schleppte und sie auf das Bett warf. Sie landete genau in der Mitte und hüpfte ein paar Mal, bevor sie sich sexy vor ihm ausstreckte.

»Das ist viel weicher als ein Haufen Heu oder der Boden.«

»Für dich nur das Beste, Prinzessin«, neckte er sie.

Sie stieß ein herzhaftes Lachen aus, das ihn vom Kopf bis zu den Zehen erregte. Er riss sich die Kleider vom Leib und stand in Sekundenschnelle am Ende des Bettes nackt wie an dem Tag, an dem Gott ihn erschaffen hatte.

»Wo ist dein Hut, Cow-Boy?«

Er hob einen *Warte-kurz*-Finger und holte einen alten, abgenutzten Cowboyhut aus dem einzigen Schrank der Wohnung. Es war derselbe, den er früher getragen hatte. Er klatschte ihn gegen seinen nackten Oberschenkel, setzte ihn sich auf den Kopf und kippte ihn nach unten, während er zurück zum Bett schlenderte.

»Das ist mein Cow-Boy«, flüsterte sie. Sie setzte sich aufrecht hin und zog den engen V-Ausschnitt-Pullover, den sie trug, über ihren Kopf. Sie warf ihn ihm entgegen und er landete sanft vor seinen Füßen.

Mit einem sinnlichen Lächeln beugte er sich über das Fußende des Bettes, um ihr die alten Cowboystiefel auszuziehen, und beobachtete dann, wie sie ihre Hüften anhob und ihre Jeans über die Oberschenkel nach unten schob. Er packte sie an den Hosenbeinen und half ihr, sich von den Jeans zu befreien. Und dann lag sie in einem blutroten Spitzenhöschen und einem BH vor ihm. Die Farbe passte perfekt zum Dunkelbraun ihres Haars und ihrer leicht gebräunten Haut. Er könnte sie ewig anstarren. Aber sein Schwanz war anderer Meinung.

Er ballte die Fäuste und ließ seinen Blick an ihrem Körper hinuntergleiten. Von ihrem langen Haar, das sich wie eine Wolke um ihren Kopf ausbreitete, über die zarte Form ihres Halses, die Kurve ihrer Schulter, die Wölbung ihrer Brüste, die aus ihrem BH herausragten, die weiche Rundung ihres Bauches bis hin zu ihrer schmalen Taille, die sich zu diesen üppigen Hüften verbreiterte. Ihre Beine waren lang und schlank, wie die einer Läuferin.

»Willst du nur gucken und nichts anfassen, Cow-Boy?«

»Nein, Ma'am«, stöhnte er mit starkem Akzent. Er kletterte auf das Ende des Bettes und ging auf die Knie, um ihren Körper zu erklimmen, bis er ihre Schenkel gespreizt hatte.

»Rette ein Pferd. Reite einen Cowboy«, sagte sie mit einem breiten Grinsen.

Bray verstärkte den Akzent in seinem Tonfall. Er legte einen Finger an die Krempe seines Hutes und neigte den Kopf. »Mit Vergnügen, Prinzessin.«

Er zog die Körbchen ihres BHs nach unten und ließ die weiche, glatte Brust darüber rutschen. Er stieß einen leisen Pfiff aus, als er den Anblick ihrer ganzen Pracht auf sich wirken ließ, bevor er eine der rosafarbenen Brustwarzen in seinen Mund nahm und den Geschmack und die Empfindung ihrer Haut genoss. Die andere Brustwarze nahm er zwischen Daumen und Zeigefinger und drückte fest zu, sodass sie aufstöhnte.

»So ist es gut, Baby. Lass mich dich hören.« Er bearbeitete sie mit seinem Mund und seinen Fingern, bis sich ihr Rücken vom Bett wölbte und sie aufschrie. »Du weißt nicht, was das mit mir macht.« Sein schmerzhaft harter Schwanz zuckte an ihrem Oberschenkel entlang und ließ Lusttropfen austreten.

Und bevor er es sich wünschen konnte, hatte sie ihn in ihrer Handfläche, streichelte ihn auf und ab und verteilte den seidigen Tropfen mit ihrem Daumen auf der Krone seines Schwanzes. Seine Eier spannten sich an und er stieß in ihre Hand. Aber nur ein bisschen.

Er knabberte an den Rundungen ihrer Brüste, bevor er unter ihren Rücken griff, um ihren BH zu öffnen. Mit ihrer Hilfe zog er ihn aus und gab den Blick auf ihre vollen Brüste frei, in die er am liebsten sein Gesicht gedrückt hätte.

Scheiß drauf! Er tat es und vergrub sich zwischen den weichen Hügeln. Er schmiegte sich an sie und murmelte alles, was er mit ihr machen wollte, gegen ihre heiße Haut.

Sie antwortete mit *Jas*, *Aahs* und *Mmms*. Musik in seinen Ohren. Sie öffnete sich für ihn. Er fuhr mit seiner Zunge, seinen Lippen und seinen Zähnen über ihren Bauch und zu ihren Hüften. Durch seine Bewegung löste sich sein bestes Stück von ihrer Handfläche und glitt zwischen ihre warmen Schenkel, wo seine Finger den oberen Rand ihres Höschens fanden.

Er wollte es weghaben. Und zwar *sofort*.

Er zog es langsam herunter, wobei ihm nicht entging, wie feucht es war. Dieser Anblick ermutigte ihn nur noch mehr, es ihr sofort komplett herunterzuziehen. Mit einem Wackeln hier und einem Wackeln dort flog das Höschen durch den Raum. Er stellte ihre Füße auf seine Schultern und schob sie so weit nach hinten, bis ihre Knie gebeugt waren und gegen ihre eigene Brust drückten.

Er hielt inne, um die Schönheit, die sich ihm bot, zu genießen. Ihre prallen Schamlippen waren errötet, ihre Mitte feucht. Ihr Duft erfüllte seine Nasenlöcher und er stieß ein ersticktes Stöhnen aus. Mit zwei Fingern öffnete er sie und dann, da er nicht länger warten konnte, kostete er. Süß, verführerisch, seidig. Er fuhr mit seiner Zunge zwischen ihren Schamlippen hindurch, bis er schließlich an ihrem Kitzler innehielt. Er saugte hart an der empfindlichen Knospe, schob zwei Finger in sie hinein, krümmte sie und suchte nach ihrer verborgenen Stelle. Und als er sie gefunden hatte, streichelte er sie wie wild und ihre

Hüften zuckten heftig auf dem Bett und gegen seinen Mund. Sie schrie auf, grub ihre Finger in sein Haar und warf den Cowboyhut zur Seite. Sie riss an seinem Haar, seiner Kopfhaut und schrie um Gnade. Er ließ ihr keine, sondern fickte sie noch härter mit seinen nassen Fingern und saugte grob mit seinem Mund an ihrer geschwollenen Knospe. Er war unerbittlich. Er drang immer tiefer ein und hörte nicht auf, bis sie kam. Sie wand sich gegen ihn und zerrte schmerzhaft an seinem Haar.

Dann versteifte sich ihr Körper. Ihre Zehen krümmten sich auf seinen Schultern. Ihre Hüften schossen nach oben, verdrängten ihn, und sie schrie auf. Sie verstummte und keuchte mit zusammengekniffenen Augen. Nach einem Moment ließ sie ihre Hüften wieder auf die Matratze sinken, befreite das, was von seinem Haar übrig geblieben war, und öffnete die Augen, wobei sie blind an die Decke starrte.

Er strich sich mit dem Handrücken über den Mund und kroch nach oben, bis er in ihr Gesicht blickte. Brays Lippen verzogen sich langsam zu einem Lächeln.

Sie räusperte sich grob, ihre Augen waren immer noch unfokussiert. »Ich kann mich nicht erinnern, dass du mit achtzehn schon so gut warst.«

»Oh doch, Baby, das war ich. Du erinnerst dich nur nicht mehr.«

»Ich glaube nicht, dass ich das vergessen könnte.«
»Ach ja?«

»Halt die Klappe und setz deinen Cowboyhut wieder auf.«

Bray lehnte sich über das Bett und hob ihn vom Boden auf. Er setzte ihn sich wieder auf den Kopf, die Krempe war leicht nach vorn geneigt, sodass seine Augen im Schatten lagen. Er schenkte ihr ein verruchtes Grinsen. »So?«

»Oh ja«, flüsterte sie. »Jetzt fick mich, Cow-Boy.«

Mit einem Prusten glitt er wieder zwischen ihre Schenkel und sein Schwanz drückte gegen ihre weichen, prallen Schamlippen.

»Hast du vielleicht was vergessen?«, fragte sie und stoppte ihn.

Brays Atem zischte zwischen seinen Zähnen. Oh ja. *Das.* Mit einem finsteren Blick griff er in die oberste Schublade des abgenutzten Nachttisches und holte ein Kondom heraus. Verdammt. Es war klug, das wusste er, aber er wollte sie so gerne direkt an sich spüren. Aber zu diesem Zeitpunkt konnte er kein weiteres Kind riskieren. Er konnte es sich nicht leisten, dachte er, während er eine Grimasse zog. Er riss die Verpackung mit den Zähnen auf und überzog sich schnell mit Latex, bevor er sich wieder an seinen Platz begab und mit einem Seufzer erneut gegen sie drückte.

Er nahm einen zittrigen Atemzug und dann noch einen, bevor er in ihre wunderbare, einladende Hitze eindrang. Ihre inneren Muskeln umklammerten ihn wie eine nasse Faust, drückten ihn fest an sich und zogen ihn tiefer. Er biss die Zähne zusammen, um nicht die Kontrolle zu verlieren, denn er wollte länger durchhalten als letzte Nacht, er wollte das Vergnügen so lange wie möglich in die Länge ziehen.

Das war vielleicht nicht möglich.

Ein Stöhnen entkam ihm, als er vollständig in ihr steckte, bis zu den Eiern. Er hielt inne … nur für eine Sekunde. Denn das war alles, was er brauchte. Nur einen kurzen Moment. Aber sie fing an, ihre Hüften ungeduldig zu bewegen. Er wollte ihr sagen, dass sie aufhören und warten sollte. Aber sie hatte die Augen geschlossen, den Kopf zurückgeworfen und ihr Gesicht war gerötet.

»Bray, ich komme gleich.«

Verdammt. Er hatte sich noch nicht einmal bewegt und sie war schon kurz davor zu kommen.

Ihre Hüften bewegten sich schneller gegen ihn, rieben, stießen zu, und er musste seine Augen fest schließen und an etwas anderes denken. Ablenkungen. Zum Beispiel … zum Beispiel …

Scheiß drauf! Er bewegte sich mit ihr und innerhalb von Sekunden schrie sie auf, ihre Hüften stießen gegen ihn, ihr Höhepunkt packte ihn und ließ ihn wieder los. Wieder und wieder.

Heilige Muttergottes. Er tat alles, was er konnte, um durchzuhalten, und grub seine Finger in die Decke des Bettes. Er stieß selbst einen Schrei aus und begegnete ihr Stoß für Stoß, während er sich selbst gehen ließ. Und sie kam noch mal, explodierte innerlich, wurde feuchter und heißer. Sie fühlte sich wie der Himmel an, wenn sie seinen Schwanz umklammerte.

Ihre Fingernägel bohrten sich in die Haut seines Arsches und sie schrie ihn an: »Ich will noch mal kommen.«

Heilige Scheiße, sie verlangte nicht viel. Nur einen Mann aus Stahl.

»Noch mal!«

Er grunzte, packte ihre Hüften und hob sie an, um den Winkel zu verändern. Eine Schweißschicht benetzte ihn und sein Haar wurde unter dem Hut klatschnass. »Scheiße, Baby. Ich komme gleich. Komm mit mir.«

»Ja. Ja. Ja«, stöhnte sie. Dann versteifte sie sich unter ihm und drückte ihre Brüste gegen seine Brust, wobei ihre diamantharten Brustwarzen seine heiße, feuchte Haut streichelten.

Und das war's dann. Mit einem letzten Knurren rief er ihren Namen und entlud sich mit pulsierendem Schwanz tief in ihr. Einen Moment später sackte er entkräftet neben ihr zusammen und schnappte nach Luft. Er wischte sich die Schweißperlen vom Gesicht. »Welpe. Das hat nicht so lange gedauert, wie ich es mir gewünscht hätte.«

»Beschwerst du dich?«

»Scheiße nein. Solange du es nicht tust. Du wirst noch mein Tod sein. Ich schwöre, dass mir gleich ein Ei platzt.«

Mals Körper bebte an seiner Seite, während sie leise lachte. »Ach, das nächste Mal hältst du länger durch.«

Er rollte sich auf die Seite, zog eine Augenbraue hoch und schaute ihr ins Gesicht. »Wie bald ist das nächste Mal?«

Mal hob ihren Kopf und schaute auf die Uhr an der Wand neben der ›Küche‹. »Ich gebe dir fünfzehn Minuten. Wir haben einiges an Zeit aufzuholen.«

Bray ließ sich wieder auf den Rücken fallen und pfiff leise. »Fünfzehn Minuten. *Scheiße.*«

Sie klopfte ihm auf den Oberschenkel. »Du schaffst das, Cow-Boy. Ich habe Vertrauen in dich.«

»Wenigstens einer. Soll ich diesmal auch meine Sporen auspacken?«

Das Licht seines Lebens kicherte, bis sie merkte, dass er es ernst meinte. Dann weiteten sich ihre Augen.

Kapitel Sechs

MAL WACHTE mit einem benebelten Gehirn und einer benebelten Zunge splitternackt in Brays Bett auf. Einem richtigen Bett. Mit einer Matratze, Laken und sogar Kissen! Es gab für alles ein erstes Mal.

Sie stöhnte, drehte sich um und stieß gegen eine Mauer. Eine warme, feste Wand aus Muskeln. Bray hatte einen Arm über seinen Kopf geschleudert und der andere ... Sie hob das zerknitterte Laken an und lugte darunter. Jupp, seine Hand umklammerte seine Morgenlatte. Er schnarchte leise und sein Gesicht wirkte entspannt und sorglos. Wie damals, als sie jünger gewesen waren.

Ein paar Jahre nachdem sie gegangen war, begann sie, ihre Beziehung als einfache Highschool-Schwärmerei zu betrachten. Die Entfernung und die Zeit taten ihr Übriges dazu. Aber gestern Abend in seinen Armen zu liegen, bewies das Gegenteil. Na ja, nicht nur in seinen Armen zu liegen, sondern auch oben zu sein und unten zu sein. Ein paar alte Rodeo-Moves wie Reverse Cowgirl und so zu machen. Bei der Erinnerung daran hämmerte ihr Herz gegen ihre Brust.

Sie stöhnte über den Schmerz zwischen ihren Beinen und die Steifheit ihrer Muskeln. Sie musste sich selbst daran erinnern, dass sie keine achtzehn mehr waren und die Aktivitäten ihren Körper heute Morgen ziemlich beanspruchten.

Mal musterte sein sorgenfreies Gesicht, während er schlief. Neben den Narben und den Falten um seine Augen gab es noch andere Unterschiede. Nicht nur äußerlich, sondern auch innerlich.

Sie dachte darüber nach, was er ihr gestern Abend gesagt hatte, während sie auf der Couch gesessen und sich die Unterlippe aufgekaut hatte. Schuldgefühle durchzuckten ihr Inneres. Sie hätte sich gegen die Forderungen ihres Paps' wehren sollen, gegen seine Bedingungen, und vielleicht, nur vielleicht, wäre das Leben für sie beide anders verlaufen.

Vielleicht wären sie dann verheiratet und glücklich und hätten ein Haus voller Kinder.

Oder vielleicht hatten sie beide die Umwege ihres Lebens gebraucht, um das schätzen zu können, was sie gehabt hatten und wieder haben konnten.

Vielleicht, nur vielleicht.

Man darf sich nicht zu lange an den ›Was-wäre-wenns‹ und ›Vielleichts‹ aufhängen.

Sie strich ihm eine Haarsträhne von der Stirn. Ihr Cow-Boy. Ihr Spitzname für ihn hatte nie damit zu tun, dass er ein echter Cowboy war, wie die, die Rinder trieben. Oh nein. Stattdessen beschrieb er einen Jungen, der mit Milchkühen arbeitete. Es war ihre Art, ihn zu ärgern, aber am Ende hatte es ihm gefallen, ihr Cow-Boy genannt zu werden. Der Name war also hängen geblieben.

Seine Augen flogen auf und ein warmes Lächeln breitete sich langsam auf seinem Gesicht aus. Wer hätte gedacht, dass etwas so Einfaches wie ein Lächeln ihr Herz zum Schmelzen bringen würde?

»Hältst du dich an deiner Bullenpeitsche fest, Cow-Boy?«

Er schien einen Moment lang verwirrt zu sein, dann merkte er, wo seine Hand ruhte und lachte. »Ja. Ich muss dringend pinkeln, aber das wird jetzt unmöglich sein.«

»Der Morgen macht so etwas nun mal mit einem.«

»Nicht nur der Morgen, sondern auch du«, korrigierte er.

»Ich würde dich ja küssen, aber ich glaube, ich habe gestern Abend den Boden abgeleckt. Zumindest fühlt es sich so an.«

Seine Muskeln dehnten sich, als er sich streckte und gähnte. »Mmm. Ein schmutziger Mund. Das könnte antörnend sein.«

»Das ist die falsche Art von schmutzig, mein Freund«, sagte sie und richtete sich auf. Ihr Kopf pochte. »Hast du eine Ersatzzahnbürste in deinem winzigen Badezimmer?«

»Das bezweifle ich. Du kannst meine benutzen.«

Sie blinzelte, dann schaute sie ihn an, um zu sehen, ob er es ernst meinte. Er meinte es ernst. Sie rümpfte die Nase. »Wie wäre es stattdessen mit Mundwasser?«

»Das habe ich tatsächlich.«

»Aspirin?«

»Jupp. Oder willst du ein Konterbier?«

»Ich verzichte.« Sie bewegte sich zum Rand des Bettes und schob ihre Beine darüber. Sie hatte schon eine Weile nichts mehr getrunken. Trotzdem hatte sie nicht erwartet, dass der Whiskey sie so stark beeinträchtigen würde. Die körperliche Überanstrengung trug wahrscheinlich auch nicht gerade dazu bei. Sie schaute über ihre Schulter zu ihm. »Wie oft bin ich letzte Nacht gekommen?«

Bray grinste. »Ich hab keinen Schimmer. Ich glaube, ich bin mitten in der Nacht ohnmächtig geworden und du hast mich einfach weiter geritten wie ein Wildpferdereiter.«

»Apropos wild reiten, wir haben uns doch jedes Mal geschützt, oder?«

»Ich glaub schon. Willst du, dass ich sie zähle?«

Sie schaute dorthin, wo er mit seiner Hand wedelte. Benutzte Kondome lagen auf dem Boden neben dem Bett verstreut.

»Oh, ekelhaft, Bray! Konntest du die nicht wegwerfen?«

»Der Mülleimer war zu weit weg und du bist eine fordernde Frau.«

Sie lachte und schüttelte den Kopf.

»Geh du deine haarigen Zähne polieren und nimm eine Aspirin … oder drei, und ich räume das Kondom-Armageddon auf.«

»Das klingt nach einem Deal.« Sie schnappte sich sein Flanellhemd, das an einer Stehlampe in der Nähe hing, und zog es sich über die Schultern.

»Ich mache dir auch Frühstück. Ein bisschen Bacon-Fett im Magen wird dir helfen.«

Bacon und Eier hörten sich sehr gut an. Trotz des Katers war sie am Verhungern. Sie schloss ein paar Knöpfe an seinem übergroßen Hemd und ging in das winzige Badezimmer. Mal fand die Aspirin in dem Medizinschrank über dem Waschbecken. Sie schnappte sich die Flasche Mundwasser, die auf dem Spülkasten der Toilette stand, nahm einen Schluck davon und wirbelte es herum. Ah, minzig frisch. Sie brauchte dringend eine

Dusche, aber das würde warten müssen. Nach dem Frühstück wollte sie sowieso nach Hause fahren, um nach der Milchviehherde und den Landarbeitern zu sehen.

Mal legte ihren Kopf schief, um zu lauschen. Bray summte und sang in der Küche. Sie öffnete die Tür, blieb aber im Bad. Seine Stimme klang kräftig und tief, und obwohl er nicht alle Wörter von *Remember When* von Alan Jackson kannte, wusste er genug. Sie lehnte sich an den Türrahmen und wischte sich die vereinzelten Tränen weg, die ihr entwichen. Der Text passte so gut zu ihrer Situation, dass es ihr das Herz brach, als sie Bray singen hörte.

Sein Gesang hörte abrupt auf und Stille erfüllte den Dachboden. Mal trat aus der Tür und sah, wie Bray sich mit beiden Händen auf der Kante der Arbeitsplatte abstützte und den Kopf hängen ließ.

Ihr Herz war nicht das einzige, das brach.

Als er sie hörte, machte er sich schnell wieder daran, den Bacon in der Bratpfanne zu wenden.

Sie stellte sich hinter ihn, schlang ihre Arme um seine Taille und legte ihre Wange an seinen Rücken. »Deine Stimme ist wunderschön.«

Er nickte, sagte aber nichts.

»Wie sieht dein Tag aus?«, fragte sie leise, während sie ihn immer noch festhielt.

»Ausgebucht mit Terminen. Aber es braucht nur einen Notruf, um alles zunichtezumachen. Und deiner?«

»Ich werde anfangen, auszupacken und das Haus einzurichten. Nach den Kühen sehen. Ich weiß nicht. Solche Sachen eben. Ich muss den Bestattungsunternehmer anrufen, um zu erfahren, wann Paps' Asche fertig sein wird.«

»Was willst du mit ihr machen?«

Sie zuckte leicht mit den Schultern. »Ich werde sie auf der Farm verstreuen.«

Er nickte, löste sich aus ihrer Umarmung und drehte sich zu ihr um. »Macht Sinn.«

»Wirst du da sein?«, fragte sie.

»Wenn du sie verteilst? Klar, wenn es dir wichtig ist.«

»Das ist es.«

Brays Mund verzog sich zu einem grimmigen Ausdruck, als er in den Schrank links neben dem Herd kramte und zwei ungleiche Teller herausholte. Er verteilte die Eier, den Bacon und den Toast und trug die Teller zum Tisch. Sie folgte ihm und zog einen der Stühle aus der alten Küchengarnitur hervor.

»Kaffee?«, fragte er.

»Natürlich.«

Sie konnte sich nicht erinnern, dass ihr jemals ein Mann das Frühstück gemacht hatte, abgesehen von ihrem Paps. Als ihre Mom gestorben war, war er der einzige Versorger für sein einziges Kind. Sie erinnerte sich kaum noch an ihre Mom. In all den Jahren hatte ihr Paps nie wieder geheiratet, und falls er sich mit jemandem getroffen hatte, hatte er das gut verheimlicht. Sie hatte keinen Zweifel daran, dass ihre Mom sein Ein und Alles gewesen war.

Bray stellte zwei große Tassen mit dampfendem Kaffee auf den Tisch. Sie legte ihre Hände um die Keramiktasse – ein Werbegeschenk der örtlichen Bank – und inhalierte das Koffein in ihr pochendes Gehirn. Er brachte ihr eine Flasche mit Kaffeesahne und eine kleine Zuckerdose aus Keramik, die einen Sprung am Rand hatte. Sie löffelte zwei große Haufen Zucker und schüttete die Kaffeesahne hinein, bis sich der Kaffee von schwarz zu braun verfärbte.

Bray warf einen Blick auf ihre Tasse und sagte: »Das ist kein Kaffee mehr, Prinzessin.«

Sie zuckte mit den Schultern und biss das Ende eines Stücks Bacon ab. Der salzige, fettige Streifen Schweinefleisch schmeckte himmlisch und sie fühlte sich besser, als er in ihrem Magen landete. »Ich habe kein Verlangen danach, ihn schwarz zu trinken.«

Er tauchte seinen Toast in das Eigelb der Spiegeleier, die er gemacht hatte. »Ich weiß nicht, ob du diesem Gespräch aus dem Weg gehen willst, aber dein Vater hat mir erzählt, dass du geheiratet hast. Und neulich im Beerdigungsinstitut hat Melvin dich Mrs. Marshall genannt.«

»Paps hat also dafür gesorgt, dass du es weißt.«

»Oh ja. Er konnte es kaum erwarten, es mir zu sagen. Ich bin überrascht, dass er keine Anzeige in der örtlichen Tageszeitung geschaltet hatte. Das war so ziemlich das *Einzige*, was er mir über dich erzählt hat.«

Lustig, aber auch nicht. Mal wünschte sich, ihr Paps hätte es Bray nicht unter die Nase gerieben. Wollte sie über ihre Ehe sprechen? Eigentlich nicht. Aber Bray hatte ihr gestern Abend sein Herz ausgeschüttet. Wäre es nicht nur fair, das Gleiche zu tun? Mal zog eine Grimasse.

Sie sammelte die Worte in ihrem Kopf und als sie anfangen wollte, vibrierte Brays Handy auf dem kleinen Tisch. Er fing es auf, bevor es auf den Boden fallen konnte, und las dann die Nachricht.

»Scheiße! Ich muss los. Ich muss ins Reservat, um einer der Stuten zu helfen, die Zwillinge zur Welt bringt. Und sie brechen durch.« Er rieb sich die Stirn. *»Fuck!«*

Mal beneidete ihn nicht und trank schnell ihren Kaffee aus, als er sich vom Tisch entfernte, um sich anzuziehen und seine Sachen zu packen und zu gehen.

Er eilte zu ihr, drückte ihr einen Kuss auf die Stirn und sagte: »Ist es okay, wenn ich dich später anrufe?«

Mal nickte. »Klar.«

»Lass dir Zeit. Frühstücke in Ruhe zu Ende. Verriegele einfach die Tür am Ende der Treppe, wenn du gehst.«

»Viel Glück mit den Fohlen«, rief sie ihm zu, als er die Treppe hinuntereilte. Eine Sekunde später hörte sie die Tür zuschlagen.

MAL SCHAUTE AUF IHRE UHR. Fast neun. Bray hatte gesagt, er würde vor einer Stunde in der Bar sein. Sie fuhr mit einem Finger an ihrem schwitzenden Glas Ginger-Ale entlang. Kein Alkohol heute Abend, denn der Kater war noch zu frisch in ihrem Kopf. Das Wily Coyote zog alle Einheimischen an, einige erkannte sie, andere nicht. Da sie noch minderjährig gewesen war, als ihr Paps sie weggeschickt hatte, war sie zum ersten Mal in dieser Bar.

Nicht, dass sie irgendwas verpasst hätte. Obwohl die Bar dunkel und heruntergekommen war, war sie die einzige Kneipe in der Stadt. Das Publikum war bunt gemischt und es roch wie in einer Scheune. Aus einer alten Jukebox in der Ecke schallte nicht gerade aktuelle Country-Musik. Ein paar Leute drehten sich in Cowboystiefeln und mit Hüten auf der Tanzfläche im Kreis. Große Schnallen, Wrangler-Jeans und eng anliegende Westernhemden waren der gängige Stil der Gäste.

Ein paar Leute sprachen sie an, um ihr ihr Beileid über den Tod ihres Paps' auszudrücken, und sobald der Small Talk verklungen war, tippten sie ihren Hut an und gingen weg. Die meisten meinten es gut, aber ein Geier umkreiste sie und erkundigte sich, ob sie bereit war, die Farm zu verkaufen. Sie wies ihn schnell ab.

Sie setzte sich an einen Tisch in der hintersten Ecke, mit Blick auf die Tür. Jedes Mal, wenn sie sich öffnete, schlug ihr Herz ein bisschen schneller, bis sie erkannte, dass es nicht ihr Cow-Boy war.

Sie öffnete sich erneut und ihr Atem stockte.

Dann sank ihr Magen nach unten.

Die Dairy Princess.

Sie hätte heute Abend mit jedem fertig werden können, nur nicht mit Kaitlyn. Ihr Haar war so frisiert, als hätte sie eine ganze Dose Drei Wetter Taft benutzt. Ein paar Jungs pfiffen ihr wegen ihres superkurzen Rocks und ihres entblößten Dekolletés nach. Kaitlyn lächelte und tätschelte ihr steifes Haar mit ihren langen, lackierten Fingernägeln.

Mal *hasste* sie. Am liebsten hätte sie ihr die falschen Nägel und Wimpern abgerissen und ihr mit einem schmierigen Handtuch von der Bar die Clownsschminke aus dem Gesicht geschrubbt.

Was zum Teufel hatte Braydon nur in ihr gesehen? Vorübergehende Unzurechnungsfähigkeit war seine einzige akzeptable Entschuldigung. Und jetzt war er wegen ihrer Intrigen für den Rest seines Lebens an sie gebunden.

Kaits Augen fixierten sie, weiteten sich für eine Sekunde und verengten sich dann schnell, als sie durch den Raum stakste – eine Frau auf einer Mission.

Oh Scheiße. Das konnte nicht gut enden. Mal richtete sich auf ihrem Stuhl auf und machte sich auf den Wirbelwind der bösen Hexe des Mittleren Westens gefasst.

»Oh, da ist ja die kleine Ehezerstörerin. Ich habe gehört, dass du die Nacht in Brays Bruchbude verbracht hast.«

Ein Ehezerstörerin? Da musste sie sich schon etwas Besseres einfallen lassen. »Hast du bequemerweise vergessen, dass ihr geschieden seid?«

Kait schnaubte und stemmte eine Hand in die Hüfte. »Ich bin immer noch die Mutter seines Kindes.«

»Ja, ein Sohn, den du von seinem Vater entfremdest. Du solltest dich schämen.« Mal bedauerte die Worte sofort, nachdem sie sie gesagt hatte. Ihre Familienangelegenheiten gingen sie nichts an. Sie musste sich da raushalten. Sie versuchte, ihre Atmung zu verlangsamen. Durch die Nase ein, durch die Nase aus. Sie erinnerte sich an ihre Yoga-Erfahrung und versuchte, ihr Zen zu finden. *Oooooom.*

Das war schnell vergessen, als Kait mit einem Finger auf Mals Brust zeigte. »Ich halte meinen Sohn von ihm fern, weil ich nicht will, dass er so endet wie Braydon. Ich will, dass mein Sohn erfolgreich ist und nicht so ein Versager wie sein Vater.«

Eine Bewegung hinter Kait ließ Mal aufblicken. Bray stand hinter seiner Ex, sein Gesicht war leer.

Mal brauchte ihn nicht zu verteidigen, Bray war Manns genug, um das selbst zu tun. Aber nachdem sie gestern Abend Brays Geschichte gehört hatte und wusste, was für eine elende Bitch Kait war, war das Letzte, was sie hören wollte, dass Kait Bray beleidigte und ihn wie Scheiße behandelte.

»Du hältst vielleicht nicht viel von ihm, obwohl er anscheinend gut genug war, um von ihm geschwängert zu werden, aber Bray ist ein harter Arbeiter. Er hat für alles, was er besitzt, hart gearbeitet. Es ist nichts falsch an einer guten Arbeitsmoral. Sie ist wertvoller, als eine verwöhnte Göre zu sein.«

Bray schritt um Kait herum. Ob er Kait oder sie beschützte, wusste Mal nicht und es war ihr auch egal.

Aber Brays Ex-Frau war noch nicht fertig. Sie drängte sich nach vorn und schob ihr Gesicht vor das von Mal. »Fick dich! Kümmere dich um deinen eigenen verdammten Scheiß. Du weißt nichts über meinen Sohn oder mich. Du bist gegangen, weil dir hier nichts gut genug war. Du bist auf grünere Weiden gezogen. Du hast also kein Recht zu reden.«

Mal stand auf und schob ihren Stuhl zurück, ihr Körper zitterte. »Du hast recht, ich bin gegangen. Aber ich bin wieder da. Und ob es dir nun gefällt oder nicht, Nate ist auch Brays Sohn. Er hat jedes Recht, ihn zu sehen und sich als Elternteil einzubringen.«

»Fick dich und dein kleines Cabrio, mit dem du gekommen bist.«

Mal schob sich nach vorn und Bray trat zwischen sie. Er sagte etwas, aber Mal, die zu sehr auf die Frau hinter ihm konzentriert war, konnte es nicht hören. Außerdem hatte sich Kaits Stimme um mehrere Oktaven erhöht. Mal war sich sicher, dass sie jetzt die ganze Bar unterhielten.

»Weißt du, er hat dich immer geliebt, Maleen«, schrie Kait. »Nur dich. Und du warst ein Nichts. Ich versteh das nicht. Du warst nichts weiter als die Tochter eines Milchbauern. Nicht mehr als ein Milchmädchen. Nicht mehr als die Dairy Maid. Maid Maleen! Maid Maleen! Maid Maleen!«, schrie sie, ihre Wangen waren rot und ihr Mund war ein zorniges Loch.

Bray drehte sich um, nahm Kaits Oberarme in seine Hände und forderte sie nicht gerade sanft auf, zurückzutreten. Sie schrie ihn ebenfalls an. Irgendetwas darüber, dass er ihren Sohn nie wieder sehen würde. Brays Rücken versteifte sich, seine Finger schlossen sich fester um ihre Arme, dann ließ er sie los, trat zurück und schüttelte den Kopf.

Er drehte sich zu Mal um, sein Blick war verschlossen und unleserlich. »Lass uns gehen.«

Mal wusste, dass ihn das berührte. Es verletzte ihn, pisste ihn an. Aber sie verstand, warum er nicht wollte, dass Kait seine Reaktion sah. Das wäre nur noch mehr Munition gegen ihn. Zu gehen, war die einzige logische Entscheidung. Er reichte ihr die Hand und sie verschränkte ihre zitternden Finger mit seinen. Er führte sie von der Ecke weg, aber Kait musste einen Abschiedsgruß loswerden.

»Wenigstens hast du ihn dazu gebracht, etwas zu tun, wozu ich ihn nie bringen konnte.«

Bray zerrte an ihrer Hand. »Ignorier sie.«

Aber Mal hielt inne. Sie wollte hören, wie tief Kait sinken konnte. »Und was wäre das?«

»Du hast es geschafft, dass er sich den Müll aus dem Gesicht rasiert. Aber andererseits ist er ja auch nie über dich hinweggekommen. Das wurde während unserer Ehe mehr als deutlich.«

Mal schaute Bray überrascht an. Bei all dem Drama hatte sie sein frisch rasiertes Gesicht gar nicht bemerkt.

»Ich werde mit meinem Anwalt sprechen, Kait. Ganz sicher«, sagte Bray und führte Mal weg.

Sie drängten sich aus der Bar in die frische Nachtluft. Mal genehmigte sich einen kräftigen Atemzug, um das Adrenalin, das durch ihren Körper schoss, zu beruhigen.

Sie war noch nie so kurz davor gewesen, jemanden plattzumachen. Egal, was Kait sagte, Mal hatte keine Verantwortung für das Scheitern ihrer Ehe. Es war nicht ihre Schuld, dass die beiden miteinander geschlafen hatten, schwanger wurden und beschlossen hatten, zu heiraten. Sie war Tausende von Kilometern weit weg gewesen und hatte an ihrer eigenen katastrophalen Ehe teilgenommen.

Er sagte kein Wort, als er sie zu ihrem Audi begleitete. Als sie vor ihrem Auto anhielten, sagte er: »Lass mich dich nach Hause bringen.«

Mal schüttelte den Kopf und kramte in der Vordertasche ihrer Jeans, um den Schlüsselbund herauszuholen. »Nein, Bray. Es geht mir gut.«

»Ich weiß, dass es dir gut geht, und es tut mir leid, was da drin passiert ist. Aber ich bin daran gewöhnt. Du bist es nicht. Du solltest nicht der Mittelpunkt ihrer Wut und ihrer Probleme sein.«

»Sie will dich immer noch.«

Er schüttelte den Kopf und starrte auf einen Fleck auf dem Bürgersteig. »Nein. Sie will mich nicht. Sie will nur nicht, dass mich jemand anderes hat.«

Die Sanftheit seiner Stimme ließ ihr Herz brechen. »Du hast diese Verhaltensweise nicht verdient.«

»Ich bin müde, Mal. Ich arbeite hart. Das tue ich. Aber ich fühle mich wie auf einem Laufband, das ins Leere führt. Ich vermisse meinen Sohn. Er ist immer ein guter Junge gewesen. Aber mit dreizehn hasst er mich. Seine Mutter verwöhnt ihn und ich nicht. Sie tut ihm keinen Gefallen und kann – oder will – das nicht begreifen. Ich weiß nicht, was ich dagegen tun soll. Er ist ein Bauer in ihrem Spiel und das ist nicht fair ihm gegenüber.«

»Ich schätze, du musst deine Drohung wahr machen und deinen Anwalt einschalten.«

»Leider war das eine leere Drohung. Ich habe keinen Anwalt.«

Mal zuckte mit den Schultern. »Dann besorg dir einen.«

Brays Lippen verzogen sich.

»Scheiße, Bray, du musst was tun. Wenn du Hilfe brauchst …«

»Nein. Nein, ich werde tun, was ich tun muss. Nate sieht das vielleicht nicht so, aber er ist der wichtigste Mensch in meinem Leben. Es tut mir leid, dass ich dir das sagen muss. Aber es ist wahr.«

»So sollte es auch sein. Ich würde nichts anderes von einem guten Mann erwarten. Zum Teufel, von einem guten Vater.«

»Es tut mir leid, dass ich zu spät gekommen bin. Es tut mir leid, dass das passiert ist. Lass mich dich nach Hause bringen und es wiedergutmachen.«

Mal schüttelte den Kopf. »Ich bin müde. Ich werde nach Hause gehen und etwas schlafen.«

Er nickte, wirkte aber enttäuscht. »Wann kann ich dich wiedersehen?«

»Ich habe vorhin mit Melvin gesprochen. Die Asche meines Vaters wird morgen fertig sein. Hast du Lust, vorbeizukommen?«

»Ja, ich möchte bei dir sein, wenn du sie verstreust.«

Sie betrachtete sein Gesicht im schwachen Licht des Parkplatzes. Sie griff nach oben und fuhr mit ihren Fingern über seine glatten Wangen. »Hast du das für mich getan?«

»Nur für dich.«

»Du musstest das nicht …«

»Ich wollte es aber. Ich möchte deine glatte Haut an meiner spüren, wenn mein Gesicht zwischen deinen Schenkeln liegt.«

Die angenehme Erinnerung an die letzte Nacht durchzuckte sie. Sie grub ihre Finger in sein Haar und zog seinen Kopf nach unten. »Küss mich, Cow-Boy, und dann sag Gute Nacht.«

Warme Lippen streiften ihre und sie öffnete sie, um ihn willkommen zu heißen. Seine Zunge erforschte ihren Mund und entlockte ihr ein Stöhnen im hinteren Teil ihrer Kehle. Sein Daumen streichelte ihren Nacken, seine andere Hand lag weit gespreizt auf ihrem unteren Rücken. Als er sie fest an sich zog, war seine Erektion eindeutig zu spüren.

Er machte es ihr schwer, allein nach Hause zu gehen. Aber das war es, was sie heute Abend brauchte.

Sie brauchte Zeit, um über alles nachzudenken, was in den letzten Tagen passiert war. Sie musste die Lust und den Sex aus ihrem Kopf bekommen und klar denken. Seit sie nach Hause gekommen war, war alles zu schnell gegangen. Ihr Umzug, der Tod ihres Vaters und seine Beerdigung, Bray, der in ihr Leben zurückgekehrt war und dort weitermachen wollte, wo er aufgehört hatte, als wäre nichts dazwischen passiert, der Schock, dass Bray Kait geheiratet hatte. Und dass er einen Sohn hat. Einen Sohn, der eigentlich ihr Sohn sein sollte, nicht der von Kait.

Der Gedanke an ihre gescheiterte Ehe und auch an seine, brachte sie dazu, sich wegzustoßen. Sie legte eine Hand auf ihren Unterleib. Sie musste es ihm sagen. Vielleicht wollte er jetzt keine Kinder, aber in der Zukunft … Sie musste ehrlich zu ihm sein.

»Sag mir Bescheid, wenn du morgen Zeit hast, und ich versammle die Landarbeiter. Wir werden Paps über die von ihm so geliebte Farm verteilen.«

»Okay.« Er beugte sich vor und küsste sie auf die Stirn. »Gute Nacht.«

Sie drückte den Knopf am Schlüsselanhänger und schwang sich auf den Fahrersitz. Der Audi sprang mit einem Schnurren an. Sie ließ ihr Fenster herunter. »Wir sehen uns morgen. Geh nicht wieder rein, Bray. Geh nach Hause.«

Als sie in den Rückspiegel schaute, nickte er immer noch.

Kapitel Sieben

MAL SPIELTE MIT DER BILLIGEN, vergoldeten Halskette, die um ihren Hals hing. Der Anhänger trug die Aufschrift *Prinzessin*. Sie hatte nicht damit gerechnet, so etwas in ihrem Schlafzimmer zu finden. Sie hatte die Kette vergessen, stieß aber auf sie, als sie alte Klamotten und anderen Krimskrams, den sie dem örtlichen Wohltätigkeitsladen in der Stadt spenden wollte, zusammengesucht hatte.

Als sie sie sah, erinnerte sie sich an den Morgen, als ihr Paps Bray für immer verjagt hatte. Er hatte sie ihr geschenkt, kurz bevor er ihren Vater um ihre Hand bat. Sehr altmodisch, aber nachdem er auf frischer Tat ertappt worden war, hatte er versucht, es wiedergutzumachen.

Bray betrachtete sie immer noch als seine Prinzessin.

Sie beschloss, keine schwarze Kleidung zu tragen, um Paps' Asche zu verstreuen. Und sie sagte den drei Landarbeitern, sie sollten sich auch nicht herausputzen. Die Verstreuung seiner Asche war nur eine Formalität, und sie wollte keine große Sache daraus machen, da sie bereits eine Trauerfeier gehabt hatten, aber alle Arbeiter wollten dabei sein.

Sie hatten ihren Paps geliebt und respektiert. Und obwohl er der Grund dafür gewesen war, dass sie und Bray auseinandergerissen worden waren, liebte und respektierte sie ihn immer noch. Er hatte sein Bestes getan, nachdem ihre Mutter gestorben war. Und sie war ihm immer dankbar gewesen für alles, was er für sie getan hatte.

Während sie wartete, schob sie sich mit dem Fuß auf dem Schaukelstuhl hin und her. Der alte Stuhl knarrte bei jeder Bewegung, und es wurde ein rhythmisches Geräusch, das sie beruhigte. Sie erinnerte sich daran, wie ihr Paps nach einem langen Tag hier draußen gesessen und ein Bier getrunken hatte, um sich zu entspannen, und sich manchmal in den Schlaf geschaukelt hatte. Dann musste sie rauskommen und ihn wachrütteln, damit er ins Bett ging.

Pete, Mason und Willie saßen mit ihr auf der Veranda und warteten, während die Sonne unterging. Der Himmel färbte sich in leuchtenden Rot-, Orange- und Gelbtönen.

Bray war spät dran. Mal wieder.

Sie hörte den Motor eines Pick-ups auf dem Feldweg aufheulen und so wie er sich anhörte, musste er mit achtzig Kilometern pro Stunde über jede Spurrille rasen. Er konnte von Glück reden, wenn er mit dem Wagen heil ankam.

Bray kam von achtzig Kilometern pro Stunde direkt zum Stillstand und die Reifen wirbelten eine Staubwolke um seinen Arbeitstruck auf. Er sprang heraus, gekleidet in seinem besten Westernhemd, schwarzen Levi's und neueren Cowboystiefeln. Er zog seine silberne Gürtelschnalle zurecht und schritt mit seinem Hut in der Hand zur Veranda, wo er sich ausgiebig entschuldigte.

»Was war es denn diesmal?«, fragte Mal, als er die Verandastufen hinaufjoggte.

»Eines der Zugpferde der Davis' hat Hufrehe.«

»Oh, das ist eine ernste Sache.«

Er nickte, klopfte seinen Hut auf den Oberschenkel und ließ ihn auf seinen Kopf fallen. »Ja, aber zum Glück haben wir es früh erkannt. Hoffentlich wird er nicht dauerhaft lahmen. Der Hufschmied wird ihm spezielle Eisen anfertigen. Ich hoffe, das klappt, denn er ist ein gutes Arbeitspferd und ein schönes Tier.«

Mal lächelte über die Leidenschaft und Hingabe in seiner Stimme. Er liebte seinen Job wirklich. »Na dann werde ich dir dieses Mal verzeihen, dass du zu spät kommst. Paps hat alle Zeit der Welt.«

Brays Blick glitt zu der Urne zu Mals Füßen hinunter. Er schüttelte die Hände der Farmarbeiter, die sich auf der Veranda versammelt hatten, bereit, die Show zu starten.

Willie ergriff mit rauer Stimme das Wort. »Doc Daniels, Sie müssen sich Ellie Mays Auge ansehen, ich glaube, die alte Kuh hat eine Infektion.«

»Kein Problem, Willie, ich kümmere mich darum.«

Mal hob die Urne hoch und trat von der Veranda. »Nicht heute Abend. Das kann bis morgen früh warten.«

»Aber der Doc wird morgen früh nicht als Erstes hier sein.«

Mal warf Willie einen Blick zu.

»Ah, ja. Es kann bis morgen früh warten. Verstanden, Boss Lady.«

Mal hasste die Bezeichnung ›Boss Lady‹ und sie

versuchte, die Arbeiter dazu zu bringen, sie nicht mehr so zu nennen, aber ohne Erfolg. Sie hatte aufgegeben.

Bray beugte sich vor und flüsterte ihr ins Ohr: »Mmm. Boss Lady. Das gefällt mir besser als Prinzessin. Du darfst gern auch mein Boss sein und mich jederzeit herumkommandieren.«

Mal knuffte ihn und stürmte über den Hof, wobei sie die Asche ihres Paps' fest umklammerte. Das Letzte, was sie wollte, war zu stolpern und ihren Paps in einer Rauchwolke verschwinden zu sehen.

Sie hatte lange darüber nachgedacht, wo sie seine Asche verstreuen sollte, und dann fiel ihr ein, dass er ihr erzählt hatte, dass er die Asche ihrer Mutter bei den Obstbäumen im Garten verstreut hatte. Er hatte behauptet, dass die Früchte dieser Bäume in diesem Jahr die süßesten waren, die es je gegeben hatte.

Sie beschloss, ihn dorthin zu bringen, wo die Liebe seines Lebens war. Zu fünft machten sie sich auf den Weg zu dem kleinen Obstgarten nicht weit vom Haus entfernt. Bray fiel weit zurück, da er Willie half. Jetzt, wo Willie in seinen Siebzigern war, war er nicht mehr so schnell wie früher. Auch wenn er der Letzte wäre, der das zugeben würde.

Sie erreichte vor allen anderen die Reihe der Pfirsichbäume. Paps' Lieblingsobst. Er liebte es, sie auf viele verschiedene Arten zu essen: Auflauf, Kuchen, Marmelade, Eingemachtes, und am liebsten mochte er sie direkt vom Baum gepflückt. Da es noch früh in der Saison war, war kein einziges Stück Obst zu sehen. Es war also der perfekte Zeitpunkt für ihren Paps, die diesjährige Ernte zu versüßen.

Während die anderen aufholten, griff sie nach dem Deckel der Urne, um sie zu öffnen. Ihre Finger zitterten stark. Sie wollte nicht sehen, wie ihr Vater, ein großartiger Mann, zu einem einfachen Haufen Asche reduziert worden war. Sie wusste nicht, ob sie das ertragen konnte.

Bray trat vor, um ihr die Urne aus den zittrigen Händen zu nehmen. Sie nickte nur und atmete erleichtert aus. Die Männer nahmen ihre Cowboyhüte in die Hand und schwiegen, als Bray den Deckel abnahm und begann, die Asche um den Fuß der Bäume zu streuen.

Mal holte rasselnd Luft. Sie sagte sich, sie dürfe nicht weinen. Sie sollte stoisch bleiben. Aber dieser Plan war fast sofort im Eimer. Sie wischte sich die Tränen von den Wangen und Willie kam näher, um seinen Arm um ihre Schultern zu legen. Sie lehnte sich an den Mann, den sie schon ihr ganzes Leben lang kannte. Er war so etwas wie eine Vaterfigur, die sie noch hatte. Seine Umarmung ließ sie noch mehr weinen.

Als Bray das Ende der Reihe erreichte, legte er den Deckel wieder auf die Urne und ging zurück. Sein Blick war ausdruckslos und er hatte nur Augen für sie. Er wusste, was sie durchmachte. Er hat in den letzten vierzehn Jahren beide Elternteile beerdigt.

»Wie wäre es, wenn wir uns im Haus treffen?«, schlug er vor, den Cowboyhut wieder auf dem Kopf, die Krempe tief heruntergezogen, um seine Augen zu verbergen.

Mal nickte, ihre Sicht war verschwommen.

Willie drückte sie ein letztes Mal und die Männer ließen sie allein, damit sie in Ruhe trauern konnte.

»ICH HABE Willie ein paar Tropfen für Ellie Mays Auge gegeben«, sagte Bray, als Mal die Stufen zur vorderen

Veranda hinaufstieg. Sie war viel länger im Obstgarten geblieben, als sie beabsichtigt hatte.

»Oh, super. Jetzt kann die Kuh noch mehr Heu und Getreide fressen, ohne auch nur einen Tropfen Milch zu geben, um ihren Unterhalt zu verdienen. Ich schwöre, er ist in diesen alten Knochensack verliebt.«

Er saß gebückt im Schaukelstuhl, den Hut tief ins Gesicht gezogen und die Beine weit gespreizt. Mal trat dazwischen. Sie nahm ihm den Hut vom Kopf und setzte ihn auf ihren eigenen. Er war zu groß, aber sie kippte ihn zurück, damit sie ihn sehen konnte.

»Ach, komm schon. So viel kann dieses uralte Ding gar nicht fressen und sie ist sein Haustier geworden. Hab etwas Mitleid.« Er grinste, dann ließ er seinen Blick von Kopf bis Fuß über sie schweifen. »Verdammt. Jetzt stelle ich mir vor, wie du nackt bist und nur meinen Hut und deine Halskette trägst.«

»Und ich stelle mir vor, dass du nackt bist und nur deine Sporen trägst.«

Er lachte und stand auf, während der Stuhl hinter ihm heftig wackelte. »Du weißt, dass du mich nicht mal tot auf dem Rücken einer dieser Kreaturen aus der Hölle erwischen würdest.«

Mal prustete. »Nur weil sie dich gebissen, getreten und in die Ecke eines Stalls gezwängt haben, heißt das nicht, dass Pferde nicht die süßesten Geschöpfe der Welt sind.«

Jetzt war es an Bray, zu prusten. »Ja, ich habe eine Narbe, die das beweist.«

»Hast du was gegessen?«, fragte sie.

»Jupp. Mrs. Davis hat mir eine Schüssel mit ihrem berühmten Rindereintopf und ein großes Glas Sonnentee gegeben.« Er legte beide Hände über sein

Herz. »Wenn sie nicht schon verheiratet wäre, würde ich sie heiraten.«

»Oh, das ist alles, was es braucht, was?«

»Du kennst doch das Sprichwort. Gutes Essen und Sex sind der Weg zum Herzen eines Mannes.«

Mal lachte. »Das ist kein Sprichwort.«

»Ich weiß, aber es passt auch.« Er drängte sich an ihr vorbei, um die Fliegengittertür offen zu halten und grinste breit.

Mal blieb vor ihm stehen und fuhr mit einem Finger die Knöpfe seines Hemdes entlang. »Das glaube ich dir gern, Cowboy.«

Bray strich mit einem Daumen über die Buchstaben ihres *Prinzessinnen*-Anhängers. »Ich liebe es, wenn du mich Cow-Boy nennst, denn dann weiß ich, dass du bereit bist, dass ich aufsitze.«

»Näh«, sagte sie und ging ins Haus, wobei sie ein Lächeln unterdrückte. Ihre Nippel waren hart wie Diamanten und ihre Pussy bereits warm und feucht. Als sie Willie gesagt hatte, dass Bray morgen früh nach Ellie May sehen könnte, hatte sie bereits geplant, dass er über Nacht bleiben würde. Was für eine ungezogene Prinzessin sie doch war.

Aber zuerst mussten sie miteinander reden. Sie hatte das Gespräch über ihre eigene Ehe in den letzten Tagen vermieden und fragte sich, ob Bray einfach nur höflich war, weil er sie nicht drängte. »Lass uns im Wohnzimmer sitzen. Ich habe dir was zu sagen. Bier?«

Brays Brauen hoben sich und seine Mundwinkel zogen sich nach unten. »Nein. Ich verzichte auf Bier. Es sei denn, ich muss mich betrinken, um zu hören, was du mir zu sagen hast.« Er hob ihr Kinn an und schaute ihr in die Augen. »Muss ich mich betrinken, Mal?«

Sie atmete tief ein. »Nein, aber ich vielleicht schon.«

»So schlimm? Hört sich nicht vielversprechend an.«

Er folgte ihr in das veraltete Wohnzimmer, in dem noch immer ausgepackte Kisten in den Ecken standen, auch wenn der größte Teil davon im vorderen Salon verstaut war. Sie hatte keine Lust, dieses Projekt zu beenden.

»Ich finde es zwar schön, dass du die Halskette trägst, die ich dir gekauft habe, aber du musst sie nicht tragen. Sie war billig und das Einzige, was ich mir zu der Zeit leisten konnte.«

»Ich will sie tragen. Und es ist mir egal, wie viel sie gekostet hat. Ich weiß es zu schätzen, dass du sie mir geschenkt hast.«

Er hockte sich auf die Kante der alten karierten Couch, die Hände auf den Knien, als wäre er bereit, jeden Moment aufzuspringen.

Mal nahm seinen Stetson von ihrem Kopf und warf ihn auf den Beistelltisch. Sie fuhr sich unruhig mit der Hand durch ihr Haar und fing an, auf und ab zu gehen.

»Bitte, Mal. Lass das. Du machst mich ohnehin schon nervös.«

Sie hielt inne. »Tut mir leid.«

»Bevor du anfängst, möchte ich noch etwas klarstellen, was ich nicht gerade subtil angedeutet habe und was ich dir vorher schon mal gesagt habe.« Er tätschelte die Couch neben sich. Sie setzte sich widerwillig und beide drehten sich zueinander. »Mal, ich möchte wieder zu dem zurückkehren, was wir einmal waren. Wer wir waren, bevor unser Leben so schwer gestört wurde.«

»Das können wir nicht, Bray. Wir haben uns verändert. Wir sind andere Menschen. Das Leben … ist passiert.«

»*So* anders sind wir nicht. Wir sind beide ein bisschen kaputt, vielleicht angeschlagen.«

»Nicht vielleicht.«

Bray nickte, dann richtete er seinen Blick auf sie. Er musterte sie einen Moment lang und als er den Mund öffnete, um fortzufahren, stoppte Mal ihn mit einer Hand auf seinem Arm. »Lass mich erklären, warum ich das gesagt habe.«

Sie holte tief Luft und fing an …

MAL WAR im sechsten Monat mit ihrer Tochter Lisabeth schwanger, als das Undenkbare geschah. Sie dachte, sie wären sicher, da sie das erste Trimester ohne Probleme überstanden hatten, aber dann fingen eines Tages die Krämpfe an. Zuerst dachte sie, es handele sich um eine Verdauungsstörung, bis die stechenden Schmerzen sie dazu brachten, mitten auf dem Börsenparkett der New Yorker Börse auf die Knie zu fallen. Der Aktienmarkt stoppte für niemanden, aber irgendjemand rief schließlich einen Krankenwagen, als er sah, dass sich das Blut zu sammeln begann.

Sie verlor das Baby und ein paar Stunden später tauchte ihr Mann David endlich im Krankenhaus auf. Seine Besorgnis schlug schnell in Wut um und er gab ihr die Schuld am Verlust des Babys. Egal wie oft ihre Geburtshelferin ihm sagte, dass es nicht Mals Schuld war, David wollte es nicht hören. Er war davon überzeugt, dass es etwas gewesen sein musste, was Mal getan hatte. Sie wollte den Börsenhandel nicht aufgeben und er gab ihr die Schuld, weil das zu viel Stress bedeutet hatte. Er war sich sicher, dass dies der Grund für die Fehlgeburt war. Er warf ihr vor, nie auf ihn gehört zu haben, vor allem, als er ihr gesagt hatte, sie solle sich während der Schwangerschaft schonen. Aber auch wenn ihr Job sehr stressig war, genoss sie das schnelle Tempo und den Nervenkitzel. Bis zu diesem Tag.

Der Tag, an dem sich alles änderte.

Die Leere in ihr wurde zu einem Schmerz, den sie nicht mehr abschütteln konnte. David redete tagelang nicht mit ihr. Sie brauchte ihn und er war nicht da. Zuerst dachte Mal, dass auch er auf seine Weise trauern würde. Aber als die Tage zu Wochen wurden und er nachts nicht mehr nach Hause kam und sie ausschloss, wusste sie, dass es mehr war als das.

Obwohl David als Börsenmakler in einer anderen Firma arbeitete, verkehrten sie in denselben sozialen Kreisen. Die Angestellten der beiden Firmen trafen sich in denselben Bars, Restaurants, Fitnessstudios, Cafés … überall. Sie redeten alle über Geschäfte und tratschten miteinander. Manchmal war der Tratsch wild und brutal.

Mal hörte das Geflüster, erntete mitleidige Blicke und merkte, dass einige Leute den Augenkontakt mieden, wenn nicht sogar ihr ganzes Gesicht. Aber es ging nicht nur um die Fehlgeburt, nein. Es war die Tatsache, dass ihr eigener Mann sie vor jedem, der zuhören wollte, als Versagerin bezeichnete. Und es gab Gerüchte über andere Frauen in seinem Leben. Nicht nur eine. Viele.

An den Tagen, an denen er tatsächlich mal nach Hause kam, war es schon nach Mitternacht. Manchmal kletterte er in ihr Bett, manchmal schlief er im Gästezimmer oder auf der Couch. Er war distanziert und kalt, und sie trauerte nicht nur um den Verlust ihrer Tochter, sondern auch um das plötzliche Ende ihrer Ehe.

Mal, die immer eine starke Frau gewesen war, verkrüppelte emotional. Die Zweifel an ihrem Job und ihrer Zukunft wuchsen. New York war plötzlich nicht mehr so aufregend und der Börsenhandel raubte ihr alle Energie. Sie sehnte sich nach der Ruhe von Kansas, dem Frieden und dem langsameren Tempo.

Sie überlegte, ob sie gehen oder David vor die Tür setzen sollte, aber die Entscheidung traf sie letztendlich wie ein Scheunentor in einem Wirbelsturm.

Eines Abends nach der Arbeit wurde sie von einigen anderen Händlern und Maklern auf einen Drink eingeladen. Eigentlich wollte sie nicht hingehen, aber sie dachte, es würde ihr guttun und sie vielleicht aus ihrem Stimmungstief befreien. Sie war noch nie zuvor in dieser speziellen Piano-Bar gewesen. Vielleicht war es ein Zufall gewesen, vielleicht auch nicht …

Als sie mit ihren Händlerkollegen hineinging, war David mit einer anderen Frau dort. Sie hatte langes blondes Haar, war perfekt geschminkt und trug ein langes, elegantes rotes Kleid, dessen Dekolleté die Aufmerksamkeit der Männer an den Nachbarstischen auf sich zog. Sie hatte ihre Arme um seinen Hals geschlungen und saß praktisch auf seinem Schoß, da sie in einer Ecknische saßen. Mal erstarrte, als David sich vorbeugte und ihr etwas ins Ohr flüsterte. Die Frau warf ihren Kopf zurück und lachte dramatisch auf.

Mal fühlte sich plötzlich, als hätte sie zum Ausgehen ihre Scheunenstiefel, ihre Latzhose und ein Flanellhemd angezogen. Mit der Eleganz, die diese Frau an den Tag legte, konnte sie nicht mithalten.

Das wollte sie aber auch gar nicht.

Wenn er mit einer anderen Frau zusammen sein wollte, war das für sie in Ordnung. Er konnte sich jede Frau auf der Welt mit einer perfekten Gebärmutter aussuchen, die Dutzende von Kindern zur Welt bringen konnte. Es interessierte sie nicht mehr. Aber sie hatte es satt, Scharade zu spielen und so zu tun, als ob sie immer noch eine solide Ehe führten, während die männliche Hälfte in der Öffentlichkeit herumvögelte und sich nicht darum kümmerte, wer es wusste. Das Mindeste, was er tun konnte, wenn er nicht mit ihr zusammen sein wollte, war zu gehen. Sie würde keinen dramatischen Nervenzusammenbruch erleiden und ihm sein Geld oder seine Besitztümer wegnehmen. Nein, wenn er nicht mehr mit ihr zusammen sein wollte, musste er seinen Mann stehen und verdammt noch mal ausziehen.

Stattdessen blamierte er sie bis auf die Knochen. Er gab ihr das Gefühl, ein Fußabtreter zu sein.

Keiner ihrer Kollegen versuchte, sie aufzuhalten, als sie zum Tisch marschierte. Selbst wenn sie es getan hätten, hätte sie sich nicht beirren lassen.

Als sie vor dem Tisch stehen blieb, lächelte sie ihren Mann an. Ein Lächeln, das sagte: ›Ich werde dir gleich königlich in den Arsch treten, also halt dich fest.‹

»Ich hoffe, du benutzt nicht unsere gemeinsame Kreditkarte für dein kleines Rendezvous hier.«

David blickte mit großen Augen und offenem Mund hoch und schubste seine Verabredung nicht gerade würdevoll von sich. Sie stieß sogar einen kleinen Schrei aus. Nicht zu fassen.

Sie reichte der Blondine ihre Hand. »Hi, ich bin Mal.«

Die Frau nahm ihre Hand, schüttelte sie schwach und warf David einen fragenden Blick zu.

Mal fügte hinzu: »Ich bin Davids Ehefrau.«

Die Blondine ließ ihre Hand fallen, als hätte sie sich verbrannt. Mal setzte ein noch breiteres Lächeln auf. Aber sie wusste, dass es nicht bis zu ihren Augen reichte. Nein. Ihre Augen waren zu sehr damit beschäftigt, David zu durchbohren.

»Nur damit du es weißt, du solltest dich vielleicht auf

Geschlechtskrankheiten untersuchen lassen«, schlug sie der blassen Frau vor. »Da dein Date hier mich mit Chlamydien angesteckt hat, was dazu geführt hat, dass wir unsere Tochter verloren haben.«

Davids Brauen zogen sich zusammen und sein Gesicht verfinsterte sich. »Am Arsch hab ich das getan.«

»Arsch, Pussy, mir egal, genaue Details will ich gar nicht wissen. Aber du hast mich erst damit angesteckt, nachdem ich schwanger wurde. Bei meinem ersten pränatalen Untersuchungstermin wurde ich getestet und war sauber. Aber irgendwie habe ich mich während der Schwangerschaft angesteckt, und ich weiß, dass ich nicht herumgevögelt habe. Also, bleibst ...«, sie stupste mit dem Finger in seine Richtung, »nur noch ...«, stups, »du, Arschloch.« Mal beugte sich vor, bis sie nur noch einen halben Meter von seinem Gesicht entfernt war. »Ich will, dass du die Wohnung verlässt, bis ich ausziehe. Dann gehört sie ganz dir. Ich hoffe, du kannst sie dir allein leisten. Vielleicht kann deine *Freundin* hier bei dir einziehen und dir mit den verdammten Rechnungen helfen.«

Sie machte auf dem Absatz kehrt und marschierte hocherhobenen Hauptes aus der Bar. Sie kämpfte gegen den Drang an, sich umzudrehen und ihm den Mittelfinger zu zeigen. Aber das wäre doch kindisch gewesen, oder?

»ICH BIN NICHT AUSGEZOGEN. Jedenfalls nicht am Anfang. Ich weiß nicht, wo er gewohnt hat, und es war mir auch egal. Am nächsten Tag habe ich die Scheidung eingereicht. Es war einvernehmlich und ging schnell und schmerzlos. Und dann starb mein Paps. Also habe ich meinen Job gekündigt, meine Sachen zusammenpacken lassen und jetzt bin ich hier ... in meinem Elternhaus, umgeben von Kisten, die mein Leben der letzten vierzehn Jahre beherbergen, und ich sitze mit meiner Highschool-Liebe auf der Couch. Ta-da! Das Ende.«

Bray war die ganze Zeit, in der sie ihre Geschichte erzählte, geduldig und still gewesen. Das einzige Zeichen dafür, dass er zugehört hatte, war, dass er ab und zu ihr Knie gedrückt hatte.

Er lehnte sich zurück, fuhr sich mit den Fingern durch das Haar und atmete aus. »Verdammt. Ich dachte, meine Ehe wäre schlecht gewesen.«

»Ist das ein Konkurrenzkampf?«

»Auf keinen Fall.« Bray ergriff ihre Hand und schlang seine langen, warmen Finger um ihre. »Darf ich dich trotzdem was fragen?«

Mal zog eine Augenbraue hoch. »Was?«

»Bist du die Chlamydien jemals losgeworden?«

Mal stockte der Atem und dann lachte sie so stark, dass ihr eine Träne entwich. Plötzlich begannen die echten Tränen zu fließen. Sie hatte noch nie mit jemandem darüber gesprochen, was passiert war. Nicht einmal mit ihrem Paps. Er wusste, dass sie das Baby verloren hatte, aber nicht warum. Sie hatte ihm nicht von der Scheidung erzählt, weil sie die Enttäuschung in seiner Stimme nicht ertragen konnte. Dann war es schließlich zu spät gewesen. Paps war weg.

Bray schloss sie in seine Arme und hielt sie fest, bis ihr die letzten Schluchzer entwichen waren. Er streichelte ihr Haar und flüsterte Worte, die nichts bedeuteten. Aber nicht für sie. Für sie bedeuteten sie alles.

Nach diesem kräftigen Heulen fühlte sie sich ein wenig gereinigt. Aber noch nicht genug. Die Geschichte, die sie ihm erzählt hatte, hatte wieder ein klaffendes Loch in ihr hinterlassen.

»Mein Körper hat versagt. Ich habe in meiner Ehe versagt. Ich habe bei meinem Kind versagt.«

»Es war nicht deine Schuld, Mal. Gib dir nicht niemals selbst die Schuld daran.«

»Er hat mir immer und immer wieder klargemacht, dass ich eine Versagerin bin.«

»Hör mir zu. Nicht du warst es, Baby. *Er* war der Versager.«

»Ich kann nie wieder so etwas Zerstörendes durchmachen.«

Er zögerte einen Moment und dann noch einen, bevor er sagte: »Sag das nicht.«

Sie schüttelte den Kopf. »Es ist wahr.«

»Du brauchst nur Zeit, um zu heilen. Wie heißt es so schön? Die Zeit heilt alle Wunden?«, fragte Bray.

»Es ist schon ein Jahr her«, brummte sie.

»Sieh es doch mal objektiv. Du hast deine Tochter ein halbes Jahr lang getragen. Du hast einen großen Verlust erlitten.«

Mal lehnte sich zurück und sah ihm ins Gesicht. »Ich dachte, du wärst Tierarzt und kein Therapeut.«

Er kicherte leise und wischte ihr eine verirrte Träne von der Wange. »Ich führe mit einigen meiner Patienten lange Gespräche. Vor allem, wenn ich meinen Arm bis zur Schulter im Arsch einer Färse verloren habe.«

Mal griff nach oben und strich ihm durch das kurze dunkle Haar über die Stirn. Er hatte es so viel länger getragen, als sie jung gewesen waren. Damals konnte sie es sogar mit den Fingern bürsten, wenn sie nach einer ihrer romantischen Ficken-wie-zwei-Teenager-Kanickel-Sessions ruhig dalagen.

»Worüber lächelst du?« Seine Stimme senkte sich und floss wie warmer Honig, der ihr einen Schauer über den Rücken laufen ließ. Sie fühlte sich so sicher in seinen Armen. Sicher *und* begehrt.

Sie musterte ihn. »Nichts … Alles … Über dich.«

»Ich liebe dich, Mal. Das weißt du doch, oder?«

»Bray … Ich bin noch nicht einmal seit einer Woche wieder zu Hause.«

Er strich ihr das Haar aus dem Gesicht. »Das spielt keine Rolle. Das ändert nichts an meinen Gefühlen.«

Sie hatte ihn geliebt, als sie achtzehn Jahre alt gewesen war. Zumindest so sehr, wie ein junges, törichtes, achtzehnjähriges Paar sich lieben konnte. Aber die Zeit und die Entfernung hatten eine Kluft zwischen ihnen entstehen lassen. Sie wollte ihm sagen, dass sie ihn auch liebte, aber sie wollte gleichzeitig auch keinen Fehler machen. Nicht schon wieder. Sie durfte die Sache zwischen ihnen nicht überstürzen.

»Du brauchst nichts zu sagen, Mal. Ich verstehe das. Ich überstürze die Dinge. Ich habe dieses dringende Bedürfnis, die verlorene Zeit wieder aufzuholen.«

Er strich mit dem Daumen über ihre Unterlippe und beugte sich dann vor, um sie zu küssen. Seine Lippen waren weich und warm, aber er übernahm eindeutig die Kontrolle über den Kuss. Seine Zunge fuhr über ihre Lippen und in ihren Mund, umschlang sie und wirbelte mit ihr herum. Ihre Augenlider flatterten zu und sie ließ sich gehen.

Sie musste die Vergangenheit aus ihren Gedanken verbannen und hier sein. Genau hier. In diesem Moment. In seinen Armen.

Er berührte ihre Wange und zog sie so weit weg, dass er ihr ins Ohr flüsterte: »Lass mich dich einfach lieben.«

Ihre Schenkel drückten sich zusammen und ihre Pussy pochte. Sie griff nach seinem Hemd, krallte ihre Finger in den Stoff und zog ihn näher zu sich. »*Ja.*

Bitte.« Ihre Lippen trafen auf seine, während sie an seinem Hemd riss und die Knöpfe wie Popcorn über die Couch verstreute. Sie stützte ihre Hände auf seine muskulöse Brust und spürte, das heben uns senken, bevor sie sich mit gespreizten Beinen auf seinen Schoß setzte.

Es war keine Überraschung, dass er schon hart war, als sie gegen sein Becken drückte. Er grub seine Hände in ihr Haar, packte es fest, zog ihren Kopf zurück, knabberte an ihrem Hals und strich mit seiner Zunge über ihre Kehle.

»Dein Oberteil ist im Weg«, beschwerte er sich auf ihrer Haut, als er seinen Weg zu ihrem Dekolleté nicht fortsetzen konnte.

Sie griff nach dem unteren Teil ihrer Bluse und machte sich nicht einmal die Mühe, sie aufzuknöpfen, sondern zog sie sich über den Kopf, bevor sie ihm ein Lächeln schenkte. »Besser?«

»Noch nicht.« Er öffnete ihren BH und ließ ihn nach vorn fallen, sodass ihre Brüste freigelegt wurden. Er lehnte sich zurück, um sie zu betrachten, bevor er jede einzelne umfasste und sanft die Nippel küsste. Sie löste den BH von ihren Armen und warf ihn zur Seite. Ihre Brustwarzen waren schmerzhaft straff und sie wollte mehr als nur einen süßen Kuss.

Als sich sein Mund um die eine Brustwarze legte und seine Finger die andere erwischten, stöhnte sie auf und presste sich noch einmal gegen ihn. Sein Mund bearbeitete ihre Haut, seine Zunge wirbelte über den zarten Kreis um ihre Brustwarze, seine Zähne knabberten an der Knospe. Er saugte hart, während er ihren anderen Nippel zwischen seinen Fingern drehte.

»Genau so, Cow-Boy, genau so«, flüsterte sie atemlos. »Du machst mich so feucht.«

Er gab ein Geräusch von sich und wechselte die Brustwarzen, saugte an der einen und spielte mit der anderen. Sie wölbte ihre Wirbelsäule und drückte ihm ihre Brüste entgegen. Sie wollte, dass er nicht aufhörte, aber andererseits wollte sie auch, dass er aufhörte, damit er tief in ihr sein konnte.

»Kannst du spüren, wie sehr ich dich will?«, fragte er.

Ihre Antwort war ein weiteres Kreisen ihres Beckens über seiner Erektion. Ihr Höschen war durchnässt und es würde sie nicht wundern, wenn auch der Schritt ihrer Hose nass wäre. Mit jedem Streicheln seiner Zunge, jedem Saugen seines Mundes und jedem Zupfen seiner Finger schoss ein Blitz durch sie hindurch. Sie fing an, sich gegen ihn zu stemmen, und der Stoff ihres Höschens drückte gegen ihre empfindlichen Schamlippen. Sie drückte ihren Kitzler härter und schneller gegen ihn. Er packte ihre Brüste fest mit seinen Händen und biss in das weiche Fleisch.

Der Höhepunkt durchströmte sie, ließ sie keuchen und ihre Zehen krümmen. Sie schloss die Augen und warf den Kopf zurück, während sie auf den Wellen ritt.

Aber das war noch nicht genug. Ihr Kitzler verlangte nach mehr. *Sie* brauchte mehr.

Sie rutschte von seinem Schoß und zerrte an den Verschlüssen ihrer Hose. »Hose runter, Cow-Boy.«

Erregung und Verlangen füllten seine Augen, was viel besser war als die Verzweiflung, die sie sonst ausstrahlten. Er riss seine Hüften von der Couch, zog seine schwarzen Jeans und seine Cowboystiefel aus und ließ sich wieder auf der Couch nieder, sein Schwanz war hart und an der Krone glänzten Lusttropfen.

Mal ließ ihren Blick über seinen Körper schweifen,

und ihre Pussy zog sich hart zusammen, weil sie unbedingt wollte, dass er sie ausfüllte. »Kondom, Cow-Boy.«

Er schüttelte den Kopf. »Nein.«

Ihr Herz setzte einen Schlag aus. »Doch. Das musst du.«

Das Letzte, was sie brauchte, war, schwanger zu werden. Das Letzte, was sie riskieren wollte, war ein weiterer Verlust eines Teils von ihr. Das wäre das Ende. Sie würde für immer zerbrechen.

»Mal …«

»Nein, Bray. Nimm ein Kondom, sonst passiert das hier nicht.«

Mit enttäuschtem Gesicht griff er nach seinem Portemonnaie in den Jeans und holte ein Kondom heraus. Er riss es mit den Zähnen auf und zog es sich über. Als er fertig war, lehnte er sich gegen die Couch und streckte Mal eine Hand entgegen. »Spring auf, Prinzessin.«

Sie lächelte ihn erleichtert an und flüsterte: »Danke«, während sie sich auf seine breiten Schenkel spreizte und über ihm thronte. Sein Schwanz bewegte sich und stieß gegen ihre geschwollenen, nassen Schamlippen.

Sie legte ihre Finger um seinen Hinterkopf und starrte ihm direkt in die Augen, als sie sich langsam auf ihn herabließ und spürte, wie er sie von innen dehnte. Ein zufriedener Seufzer entkam ihr, als sie ihn ganz umschloss.

In diesem Moment wurde ihr klar, dass Bray ihr half, das Stück ihres Herzens zu füllen, das ihr nach dem Verlust von Lisabeth entrissen worden war. Sie hätte nie gedacht, dass das möglich sein könnte. Aber es war so. Es geschah, auch wenn es ihr ein wenig Angst machte.

Sie musste sich daran erinnern, dass dies Bray war und dass er sie liebte, sich um sie sorgte und sie wollte, egal was passierte.

Sie stützte sich mit den Händen auf seinen Schultern ab und hob ihre Hüften so weit an, dass die Krone seines Schwanzes genau am Eingang ihrer Pussy platziert war.

»Runter?«, fragte sie.

Brays Augenlider waren halb geschlossen, seine Lippen leicht geöffnet. »Oh Gott, ja, Baby. Lass dich auf mir nieder.«

Mal schloss die Augen, als sie sich noch einmal mit quälender Langsamkeit herabließ und genoss, wie sein Schwanz sie ausfüllte. Als ob er ein Teil von ihr wäre. Als ob er dazugehörte.

Sie ritt ihn gemächlich, seine ganze Länge, während sich der Höhepunkt langsam in ihrem Inneren aufbaute. Bis sie schließlich an der Grenze angelangt war. Genau an dem Punkt, an dem es kein Zurück mehr gab. Sie lehnte ihre Stirn gegen seine und platzierte ihre Lippen nur einen Hauch von seinen entfernt, sodass sich ihr rauer Atem vermischte. Sie inhalierte ihn, er inhalierte sie.

»Bist du bereit, mit mir zu kommen, Cow-Boy?«

Er knirschte mit den Zähnen, sagte aber nichts. Sein Gesichtsausdruck und seine Augen signalisierten ihr Ja.

Sie ließ ihr ganzes Gewicht auf ihn fallen, und er stöhnte, seine Hände fanden ihre Hüften, seine Finger gruben sich in ihr Fleisch.

Dann ritt sie ihn wie ein bockendes Wildpferd – hart und schnell, während sie sich festhielt.

Er klammerte sich so fest an sie, dass es blaue Flecken geben würde. Aber das war ihr egal. Sie ritt ihn bis zur Spitze des Gipfels, bis sie wimmerte. »Ich komme gleich, Cow-Boy.«

Sie presste ihre Lippen auf seine, als die Wellen sie überspülten und ihre Muskeln sich anspannten und zuckten. Seine Hüften schossen von der Couch und sein Schwanz pulsierte in ihr, als er sich entlud.

Ihr Herz pochte, ihr Atem ging rasend schnell und sie schenkten sich gegenseitig ein kleines, zufriedenes Lächeln.

Sie sackte auf ihm zusammen, schlang ihre Arme um seine Schultern und drückte ihn fest an sich. Sie lehnte ihren Kopf an seine Schulter, als er mit ihr in den Armen aufstand und sie die Treppe hinauftrug.

Kapitel Acht

SCHULDGEFÜHLE NAGTEN AN BRAY. Er wollte Mal nicht verlassen, bevor sie aufwachte. Besonders nachdem sie die halbe Nacht damit verbracht hatten, dass er tief in ihr steckte und sie zum Kommen brachte. Er konnte einfach nicht genug von ihr bekommen. Das Bedürfnis, sie festzuhalten, sich zu vergewissern, dass sie wirklich da war, und sicherzustellen, dass sie nicht einfach wieder verschwand, überwältigte ihn.

Denn dieses Mal würde er sie nicht mehr loslassen. Er würde sie nie wieder gehen lassen.

Gegen vier Uhr morgens vibrierte sein Handy auf dem Nachttisch und meldete sich mit einer Textnachricht. Um diese Uhrzeit konnte das nur eines bedeuten: einen Notfall. Brände löschen, schien sein Lebensmotto zu sein.

Trotzdem wollte er sie nicht wegen dieses einen Brandes verlassen, aber entweder er würde den Teufel jetzt oder später bezahlen, also hinterließ er ihr widerwillig eine Nachricht auf dem Kissen, ohne sie zu wecken. Sie war eindeutig erschöpft von ihren nächtlichen Aktivitäten. Ein paar Bisse auf seinem Rücken und seiner Brust bewiesen, wie heftig die Nacht tatsächlich geworden war.

Sein Lächeln über die Erinnerung verblasste schnell, als er vor seinem ehemaligen Zuhause anhielt. Das Haus war innen beleuchtet und er machte sich auf den sogenannten ›Notfall‹ gefasst. Oder NLK, Notfall laut Kait.

Als er sich der Eingangstreppe näherte, schwang die Tür auf und seine Ex-Frau erschien als Silhouette im Türrahmen. Er blinzelte und je näher er kam, desto deutlicher wurde die Gestalt. Er seufzte laut und runzelte die Stirn. »Wirklich? So machst du also die verdammte Tür auf?«

Kait zuckte mit den Schultern und fuhr mit einem Finger unter den dünnen Schulterriemen des Negligés, das sie trug. Sie posierte eher mit einem angewinkelten Knie und herausgestreckter Brust. Nach einer dramatischen Pause trat sie zurück, um ihn durchzulassen und schloss die Tür hinter ihm.

»Wo ist Nate?«, fragte er.

»Er schläft.«

Natürlich tat er das, wie jeder normale Teenager-Junge. »Warum bist du schon so früh auf? Es kann unmöglich daran liegen, dass du nachts regelmäßig den Warmwasserboiler kontrollierst.«

»Ich habe ein Geräusch gehört und bin aufgestanden, um nachzusehen.«

Bray prustete. Klar. Und Schweine können fliegen. »Der Keller ist also überflutet?«

»Wie ein Sumpf.«

Bray warf seinen Stetson-Cowboyhut an den Haken neben der Tür, als wäre es seine zweite Natur. Na ja, eigentlich war es das mal gewesen. Frustriert fuhr er sich mit einer Hand durchs Haar. »Ich sehe mir das mal an.

Geh du zurück ins Bett.« Er wollte sicher nicht, dass sie ihm im Nacken saß.

Anstatt auf seinen Vorschlag einzugehen, fuhr sie mit einer Hand über seinen Arm. »Ich bin so froh, dass du hier bist. Ich hoffe, ich habe dich nicht bei etwas Wichtigem gestört.«

Bray verengte seine Augen bei ihren selbstgefälligen Worten. Dann dachte er an Mal, wie sie eingekuschelt in ihrem Bett schlief. Wenn es nach ihm ginge, würde er sich immer noch an ihren weichen Körper schmiegen. Wusste Kait, dass er bei ihr übernachtet hatte?

»Nö. Nur bei meinem Schlaf. Und wer braucht den heutzutage schon?« Stattdessen stand er hier, in dem Haus, das er bezahlt hatte, und sah seine Ex-Frau in ihrem fast durchsichtigen Schlafanzug an, weil sie keinen Klempner anrufen wollte.

Beschissenes Leben.

»Ich gehe mit dir runter. Ich kann die Taschenlampe halten, falls du eine brauchst.«

Dass sie so hilfsbereit war, beunruhigte ihn. Noch mehr Misstrauen kribbelte in seinem Nacken. »Kannst du dir wenigstens vorher einen Bademantel anziehen?«

Kait lachte heiser und zwirbelte eine Strähne ihres schulterlangen Haars. Welches, wenn man es genau betrachtete, sehr ordentlich aussah, dafür, dass es noch so früh am Morgen war. Wer wacht schon auf und frisiert und schminkt sich?

»Warum? Es ist doch nichts, was du nicht schon gesehen hast«, sagte sie.

Er schätzte die Erinnerung daran wirklich *sehr*. Klar. Mit einem Kopfschütteln ging er zur Kellertür und legte den Lichtschalter am oberen Ende der Treppe um. Kait war ihm dicht auf den Fersen, als er nach unten ging.

Er stolperte fast die letzten Stufen hinunter, als Kait anfing, mit seinem Haar zu spielen.

»Du brauchst einen neuen Haarschnitt.«

Er griff nach dem Geländer, um seinen Sturz abzufangen und blieb kurz stehen. Als er den Betonboden inspizierte, stellte er fest, dass der Keller nicht überflutet war. Nicht einmal annähernd. Aber es gab eindeutige Anzeichen für ein Leck, das sich um den Wasserboiler sammelte.

»Hätte das nicht bis zu einer normalen Uhrzeit warten können?«

»Ich hatte Angst, dass er explodieren könnte. Das ist mit dem Boiler von Josh und Linda passiert. Er ist explodiert wie eine Bombe.«

Bray rollte mit den Augen, ohne dass sie es sah, und ging dann zu der Ecke des Kellers, wo der Wasserboiler auf Betonblöcken stand. Er streckte blindlings die Hand hinter sich aus. »Taschenlampe.«

»Ich kann sie für dich halten, Baby«, schnurrte sie. Brays Wirbelsäule versteifte sich. *Heilige Scheiße*, die Frau schnurrte tatsächlich.

Er ignorierte sie und wackelte mit der Hand, während einen Blick über seine Schulter warf. »Taschenlampe, Kait, wenn du willst, dass ich mir ansehe, was das Problem ist. Ansonsten gehe ich und du kannst einen Klempner bezahlen.«

Mit einem Schmollmund schlug sie die Taschenlampe auf seine Handfläche und verschränkte ihre Arme unter ihren Brüsten, sodass die blassen Hügel fast aus dem spitzenbesetzten tiefen Ausschnitt quollen. Zum Teufel, das war kein Ausschnitt. Es war eher ein Fetzen Spitze, der versuchte, das Gewicht der Welt zu halten. Bray biss die Zähne zusammen, wandte sich ab und bückte sich, um mit dem Lichtstrahl den unteren Rand des Tanks zu beleuchten. Er konnte nicht sehen, woher das Leck kam. Er fuhr mit der Hand über den Rand. Trocken. Seine Wut kochte hoch, als er das Wasser sah, das aus dem Ablassventil tropfte. Er drehte den Regler zu, um das so genannte ›Leck‹ zu schließen.

»Was soll der Scheiß, Kait! Das Ablassventil war offen.« Mit einem Ächzen stand er auf. Die letzte Nacht muss auch bei ihm ihren Tribut gefordert haben.

»Was bedeutet das?«, fragte sie und gab sich alle Mühe, unschuldig auszusehen.

»Das bedeutet, dass *jemand* das Ventil zum Ablassen des Tanks geöffnet hat.«

»Oh nein! Könnte es eine Maus gewesen sein? Gibt es Mäuse im Haus?« Sie tänzelte nervös herum, als würde sie jeden Moment eine ventilöffnende Maus sehen.

Bray schloss die Augen und holte tief Luft. Er wusste ganz genau, dass sie das alles geplant hatte. Für sie war es nichts weiter als ein großes Spiel. Kait kümmerte sich normalerweise weniger um Bray, aber jetzt, wo Mal in die Stadt zurückgekehrt war, beschloss sie plötzlich, Spielchen zu spielen.

Er reichte ihr die Taschenlampe und stampfte mit den Füßen die Treppe hinauf. Sie eilte ihm hinterher.

»Es ist also alles in Ordnung? Es muss nicht ausgetauscht werden?«

Bray prustete, hielt inne und drehte sich zu ihr um. »Glaubst du, ich weiß nicht, dass du das Ventil geöffnet hast, nur um mich hierherzulocken?« Bray schloss erneut die Augen, diesmal um bis zehn zu zählen. Bei vier gab er auf und öffnete sie wieder, um sie anzustarren.

»Komm schon, Baby, sei doch nicht so«, flehte sie. »Ich vermisse den heißen Sex, den wir immer hatten.«

»Nur den Sex, richtig? Nicht mich?«, fragte er, weil

er wollte, dass sie es klarstellte, um seinen Standpunkt zu beweisen.

Sie griff nach ihm, woraufhin er einen Schritt zurückwich, um ihren Klauen zu entkommen. »Natürlich vermisse ich auch dich. Du bist der Vater meines Kindes!«

»Manchmal denke ich, dass du das vergisst, Kait. Du erinnerst dich nur daran, wenn es dir gerade in den Kram passt.«

Sie schnalzte mit der Zunge. »Unsinn.«

Bray drehte sich um und schritt zur Tür. Er blieb mit der Hand auf dem Türknauf stehen und warf einen Blick über die Schulter auf die Frau, mit der er einst verheiratet gewesen war, die Mutter seines einzigen Kindes. Eine unangenehme Erinnerung daran, was für ein Versager er gewesen war.

»Du willst mich nicht, Kait. Du willst nur nicht, dass Mal mich bekommt. Du musstest immer gewinnen, nicht wahr? Mein Leben ist kein Spiel. Das Leben unseres Sohnes ist kein Spiel. Und glaube nicht, dass ich bluffe, wenn ich sage, dass ich das Sorgerecht beantragen werde. Das werde ich nämlich. Du bist wirklich nicht ganz richtig im Kopf.« Er drehte sich um und öffnete die Tür.

»Er ist nicht von dir.«

Bray erstarrte auf halbem Weg über die Schwelle. Er drehte sich noch einmal um und sah sie an. »Was?«

»Er ist nicht von dir. Nate ist nicht von dir.«

Enttäuschung und Traurigkeit überkamen ihn und er fühlte sich für einen Moment besiegt, dass sie sich so weit herablassen würde. »Kait, ich weiß, dass er von mir ist.«

»Das kannst du nicht wissen. Wie kannst du dir so sicher sein?«

Er antwortete leise: »Nachdem er geboren wurde, habe ich einen DNA-Test machen lassen.«

Ihre Augen weiteten sich und sie hob eine Hand, um sich den Mund zuzuhalten. »Warum zum Teufel hast du das getan?«

»Weil ich dir nicht vertraut habe, Kait. Ich habe dir nie getraut. Ich war nur ein Spielball in deinem kranken Wettstreit gegen Mal.«

Er ging auf die Veranda und atmete die Morgenluft tief ein. Die Sonne ging gerade auf und verlieh dem Himmel einen rosigen Farbton. Aber im Moment konnte er die Schönheit des Himmels noch nicht genießen. »Ich werde mit meinem Anwalt sprechen.«

»Du kannst dir nicht einmal einen Anwalt leisten, Braydon. Weißt du warum? Weil du ein verdammter Versager bist. Ein verdammter Loser. Du kämpfst darum, dein Geschäft über Wasser und dich selbst am Leben zu halten.«

Bray schüttelte nur den Kopf, joggte die Treppe hinunter und zurück zu seinem Auto.

Er fuhr los, ohne einen Blick in den Rückspiegel zu werfen.

***

DIE LAUTEN, tiefen Töne der Färsen beim Melken waren Musik in Mals Ohren. Die Kühe waren froh, dass die schwere Last in ihren Eutern abgenommen wurde. Außerdem genossen sie es, frisches Heu zu mampfen, während sie in der Schlange standen, wo die mechanischen Melkmaschinen ihre Arbeit verrichteten.

Milch. Das tat einem Körper gut …

Mal wischte sich den Dreck, wahrscheinlich eher die Scheiße, von den Händen an ihrem alten, schmutzigen

Overall ab. Nach der Stallarbeit und dem ganzen Sex letzte Nacht brauchte sie dringend eine Dusche. Sie stank zum Himmel, aber das würde wohl noch warten müssen. Jemand kam die Einfahrt entlang.

Und es war nicht Bray.

Sie strich sich mit ihrem kleinen Finger ein Haar aus dem Auge und hoffte, dass es ihr sauberster Finger war.

Was zur Hölle.

Kaitlyns mintgrüner Ford Escape hielt auf dem Weg zwischen Mal und dem Haus an. Die böse Hexe des Mittleren Westens stieg von ihrem Besen ab und stellte sich mit in die Hüften gestemmten Händen vor Mal.

Warum zum Teufel trug die Frau einen Mantel? Zumal es später Frühling war und viel zu heiß dafür.

Wie auch immer. Die Bitch schien geisteskrank zu sein.

»Was willst du, Kait?« Nicht, dass es Mal wirklich interessierte. Aber offensichtlich war sie aus einem bestimmten Grund hier.

»Ich suche Braydon.«

Natürlich tat sie das. »Er ist nicht hier.«

»Wird er später kommen?«

Mal zuckte mit einer Schulter. »Keine Ahnung. Noch mal: Was willst du, Kait?«

Kait lächelte, hob einen *Warte-kurz*-Finger und torkelte in hohen Absätzen zur Beifahrerseite ihres SUVs.

Mal warf einen Blick auf ihre Uhr. Acht Uhr morgens. Warum zum Teufel trug diese Frau High Heels zu ihrem Mantel? Mal beobachtete desinteressiert, wie Kait auf der anderen Seite des Fahrzeugs herumfummelte, und als sie zurückkam, klaffte ihr Mantel halb auf. Er öffnete sich gerade so weit, dass Mal sehen konnte, dass Kait eine Art Spitzennegligé unter ihrem Mantel trug. Mal runzelte die Stirn. Die Frau musste auf Drogen sein. Hatte sie völlig den Verstand verloren?

In diesem Moment bemerkte sie, dass Brays Ex-Frau einen Cowboyhut in der Hand hielt, der ihr schrecklich bekannt vorkam. Sie bemühte sich, ihre Miene nicht zu verziehen.

Kait hielt den Hut hoch. »Ich habe zuerst in der Klinik vorbeigeschaut, aber er war nicht da, also dachte ich, er wäre vielleicht hier. Braydon hat heute Morgen seinen Lieblings-Stetson auf meinem Nachttisch vergessen. Und ich konnte mir einfach nicht vorstellen, dass er den ganzen Tag ohne ihn auskommen will.«

Mal knirschte mit den Zähnen. »Hast du versucht, ihn anzurufen?«

»Natürlich, Dummerchen! Er hat nicht auf meine Anrufe oder Nachrichten geantwortet. Ich dachte, er wäre mit der Arbeit beschäftigt.«

»Also du bist stattdessen hierhergekommen.«

»Klar, warum nicht?«, fragte sie unschuldig. Sie reichte Mal den Cowboyhut. »Kannst du ihm den geben, wenn du ihn siehst? Und sag ihm, dass ich mich bei seinem Besuch heute Morgen gut amüsiert habe.« Kait zwinkerte Mal zu.

Sie hat tatsächlich gezwinkert, verflucht. Mal wollte der Bitch die falschen Wimpern abreißen. Stattdessen riss sie Kait den Hut aus der Hand und packte ihn so fest, dass sie die Krempe zerdrückte. »Ich werde ihm den Hut gerne geben.«

»Pass auf dich auf, Maleen. Der Typ ist ein echter Player.«

Mal warf ihr einen strengen Blick zu. »Verpiss dich von meinem Eigentum, bevor ich dich durch die Kuhscheiße ziehe. Die Mädels haben ein paar frische, dampfende Haufen mit deinem Namen darauf hinterlassen.«

Kait runzelte die Stirn und wankte einen Schritt zurück. »Du warst schon immer Abschaum, Maleen. Schon immer. Du hast ein schmutziges Mundwerk und bist eine Hure.«

Mal sprach jedes Wort langsam und deutlich aus, als sie sagte: »Als ob es mich einen Scheiß interessiert, was du von mir denkst.«

»Es hat dich immer interessiert, Maleen. Deshalb hast du auch immer mit mir konkurriert. Du hast immer versucht, den Titel der Dairy Princess zu gewinnen und hast es nie geschafft. Du hast jedes Jahr verloren.«

»Was hat es dir gebracht, eine Schärpe und ein Strass-Diadem zu gewinnen, Kait? Hm?«

»Braydon. Es hat mir Braydon gebracht.«

»Du hast ihn verloren, Kait. Schon vergessen?«

Kait hob eine Augenbraue. »Glaubst du?«

Mal ging weg, bevor sie wegen Körperverletzung verhaftet wurde.

MAL SAß auf den Stufen der Veranda, umgeben von der kühleren Abendluft und dem Zirpen der Grillen und Zikaden. Sie kaute an ihrer Unterlippe und ihre Hand krampfte sich um den Cowboyhut in ihrem Schoß. Sie wehrte sich dagegen, den Hut an ihre Nase zu führen, um Brays Duft einzuatmen. Und das nicht zum ersten Mal. Ihr Herz und ihr Verstand kämpften gegeneinander an. Ihr Herz wollte die Hand heben, aber ihr Verstand drückte den Hut wieder nach unten.

Sie atmete einen langen, reinigenden Atemzug ein.

Sie brauchte einen Hund. Man konnte nicht auf

einer Farm leben, ohne mindestens einen zu haben. Sie waren treu und schenkten bedingungslose Liebe. Anders als Menschen.

Sie würde diese Woche noch zum Tierheim in der Stadt gehen. Sie brauchten auch ein paar zusätzliche Stallkatzen. Es konnte nicht schaden, sich ein paar ungewollte Katzen anzuschauen. Man kann ja auch etwas Gutes tun und ein Leben retten.

Vielleicht würde sie sich ein paar Hunde und ein paar Katzen zulegen …

Ihre Gedanken wurden durch das Geräusch von Brays Pick-up unterbrochen, der die unbefestigte Einfahrt hinauffuhr. Ihr Körper begann vor Nervosität zu zittern.

Und, auch wenn sie es nicht zugeben wollte … vor Herzschmerz.

Das war genau der Grund, warum sie draußen wartete. Sie wollte ihn nicht wieder in ihr Haus oder in ihr Herz lassen.

Sie verbarg ihre Gefühle, als er aus seinem Truck kletterte, die Tür zuschlug und ihr ein breites Lächeln schenkte. »Hey, Prinzessin!«

Mal erhob sich langsam von der obersten Stufe und wartete darauf, dass er auf sie zukam. Er machte große Schritte, hatte schlanke Hüften und sein cremefarbenes Westernhemd füllte er einfach nur perfekt aus.

Sie kämpfte gegen die Tränen an, während sie die Augen schloss. Sie musste sich zusammenreißen.

Sie spürte, wie er vor ihr am Fuß der drei Stufen stehen blieb. Er zögerte eine Sekunde lang. Zwei. Drei. »Was ist los, Mal?«

Die Unsicherheit in seiner Stimme war deutlich zu hören. Und das schmerzte sie noch mehr.

Sie öffnete die Augen, versuchte, den Schmerz

wegzublinzeln und hielt ihm den Hut hin. »Hast du etwas vergessen?«

Er starrte auf seinen Stetson, der zwischen ihren Fingern eingeklemmt war. Sie konnte sehen, wie sich die Räder in seinem Kopf drehten und er sich an die Ereignisse des Tages erinnerte, um zu ergründen, wo er ihn vergessen hatte.

Sein Blick wanderte langsam zu ihr und er öffnete den Mund, um zu sprechen.

Mal hob eine Hand. »Nein. Du brauchst nichts zu erklären. Ehrlich gesagt, will ich es auch gar nicht wissen. Nimm deinen Hut und geh.«

Er stieg eine Stufe hinauf und sie wich zurück. Er konnte sie nicht berühren. Er konnte es nicht, sonst wäre sie zusammengebrochen. Aber ihr Absatz blieb an der Kante der Veranda hängen und sie fiel rückwärts auf ihren Hintern und landete hart.

Bray eilte die Stufen hinauf, fiel auf die Knie und nahm ihren Kopf in die Hände. »Geht es dir gut, Baby?«

»Ja, es geht mir gut und nenn mich nicht so.«

»Mal … Mal, bitte«, flehte er. »Sprich mit mir.«

»Ich brauche dich nicht in meinem Leben, Bray. Ich brauche keinen Mann. Wirklich nicht.« Sie versuchte, sich aufzusetzen, aber er zog sie an sich und schloss sie in seine Arme.

»Ich weiß, dass du das nicht brauchst, Baby. Ich weiß«, murmelte er in ihr Haar. »Es tut mir leid.«

Eine Träne entkam und öffnete die Schleusen. Sie sträubte sich gegen ihn. »Lass mich los!«, schrie sie.

»Nein. Nicht jetzt, Mal. Nie wieder.« Er wiegte sie in seinen Armen hin und her und klammerte sich fest an sie.

Mal saß zwischen seinen Schenkeln, ihren Rücken an

seine Brust gepresst. Es fühlte sich so gut an und das sollte es nicht. Sie sollte die Wut nicht so schnell loslassen. Ihm so leicht verzeihen.

Sie schniefte und versuchte, sich zu beherrschen. »Hast du Kait gefickt?«

»Glaubst du wirklich, ich würde mit dieser Frau schlafen?«

»Wäre nicht das erste Mal«, murmelte sie.

»Warum zum Teufel sollte ich dein Bett verlassen, Mal … *dein* Bett, um zu ihr zu gehen.« Er klang fassungslos.

»Aber du bist doch zu ihr gegangen.«

»Nicht aus dem Grund, den du dir vorstellst.«

»Sie sagte, du hättest deinen Hut auf ihrem Nachttisch liegen lassen.«

Bray schnaubte. »Natürlich hat sie das.«

»Sie hatte ein Negligé und High Heels an.«

Er stöhnte auf. »Was zum Teufel stimmt nur nicht mit der?«

Das wollte Mal auch wissen. »Ich weiß, dass du ständig mit ihr zu tun hast, und weil ihr einen gemeinsamen Sohn habt, werdet ihr das auch für den Rest eures Lebens tun …«

»Aber ich weiß nicht, ob ich in *meinem* Leben mit ihr fertig werden kann.«

Mals Worte waren schmerzhafter, als sie ahnte. Bray schloss seine Augen und wünschte, sein Leben wäre anders verlaufen. Er wünschte, ihr Paps hätte sie nie weggeschickt. Er wünschte, er wäre ihr nachgegangen, egal was passiert wäre.

Aber er konnte nicht einfach alles wegwünschen. Es war passiert, und das war die Folge davon.

Die beiden saßen auf dem Holzboden der Veranda. Bray hatte nicht vor, sie loszulassen, bis sie die Sache geklärt hatten.

»Ich weiß, dass es nicht fair ist, dass du dich mit ihr auseinandersetzen musst, wenn du mit mir zusammen bist. Es tut mir leid, aber ich kann nichts dagegen tun. Ich kann nicht einfach aus dem Leben meines Sohnes verschwinden …«

Mal wischte sich über die Augen. »Das würde ich auch nicht wollen.«

»Ich habe vor, mit ihr um das Sorgerecht zu kämpfen, aber selbst wenn ich gewinne, wäre sie immer noch im Spiel.«

»Ich dachte, du kannst dir keinen Anwalt leisten.«

»Kann ich auch nicht. Aber ich werde eine Lösung finden. Das muss ich. Ich werde das schon irgendwie hinkriegen.«

»Bray, wie? Du hast die Farm verkauft. Du hast nichts mehr außer deiner Praxis. Und die kannst du nicht verkaufen.«

In Brays Kopf kreiste die Ausweglosigkeit dieser Situation. Er machte sich nichts aus Geld oder schönen Dingen, aber ohne Geld wusste er weder ein noch aus, wenn es um Nate ging.

»Ich weiß es nicht. Ich verkaufe mein Sperma, mein Blutplasma, meine Organe. Was auch immer ich tun muss.«

Mal beruhigte sich in seinen Armen. Er wünschte, sie stünden sich gegenüber, damit er wenigstens erahnen konnte, was ihr durch den Kopf ging.

»Ich habe Geld«, flüsterte sie.

Bray versteifte sich. »Nein.«

»Ich habe in New York gutes Geld verdient. Ich habe eine Menge davon gespart.«

»Nein.« *Nein. Nein. Nein.* Er wollte ihr Geld nicht annehmen. Dann würde er sich noch mehr als Versager fühlen, als er es ohnehin schon tat.

Mal zog sich von ihm zurück und er erhob sich, bevor sie es tat, um ihr die Hand zu reichen.

»Ich weiß dein Angebot zu schätzen, aber ich kann leider kein Geld von dir annehmen.«

»Es könnte ein Kredit sein«, sagte sie und wischte sich den Dreck von ihrem Hintern.

Bray schüttelte den Kopf. Das Letzte, was er wollte, war, bei Mal verschuldet zu sein und Geld zwischen die Fronten zu bringen. Finanzen waren ein häufiger Grund für Scheidungen und Trennungen. Das wollte er auf keinen Fall riskieren.

»Mal, du hast mich gerade beschuldigt, mit Kait geschlafen zu haben. Und jetzt willst du mir Geld geben?« Er lehnte sich gegen das Geländer der Veranda und hoffte, dass es stabil genug war, um sein Gewicht zu halten.

»Tut mir leid. Ich habe sie an mich rankommen lassen. Ich sollte es besser wissen, als der bösen Hexe des Mittleren Westens zu glauben.«

Bray prustete über den Spitznamen, ergriff Mals Hand und zog sie zwischen seine Schenkel, sodass sie gefangen war. »Prinzessin, ich habe vielleicht nicht viel, aber ich habe meinen Stolz. Tut mir leid, ich kann das nicht tun. Ich kann dein Geld nicht annehmen, auch wenn es ein Kredit ist.«

Sie nahm sein Gesicht in ihre Hände und seine wanderten automatisch zu ihrer Taille. »Schluck deinen verdammten Stolz runter, Bray … Zieh bei mir ein. Lass uns einander helfen. Das ist nur sinnvoll. Ich hätte einen Tierarzt für die Holstein-Rinder vor Ort. Und auch für die Pferde und Ziegen, die ich anschaffen will. Du könntest deine Praxis ausbauen. Im Haus ist genug Platz, um Nate ein eigenes Zimmer einzurichten, was dem Richter gut gefallen wird. Muss ich noch mehr sagen?«

»Wird es auch Platz für unsere eigenen Kinder geben?«

Sie stieß sich von seinen Schultern ab, aber er hielt sie fest.

Es herrschte Schweigen zwischen ihnen. Er richtete seinen Blick auf sie. »Mal, würdest du meine Kinder haben wollen?«

Sie senkte den Blick und er beobachtete, wie sie die Augen schloss und ihre Finger zu Fäusten auf seiner Brust ballte.

Er strich ihr eine Haarsträhne hinters Ohr, legte einen Finger unter ihr Kinn und hob ihr Gesicht an. Schnell wandte sie ihren Blick ab. »Sieh mich an.«

Ihr Blick huschte zu ihm und dann weg.

»Mal …«

Sie flüsterte: »Bray, ich kann nicht.«

Die Enttäuschung verschlang ihn. »Du kannst. Es war nie deine Schuld. Bist du wenigstens bereit, es zu versuchen?«

Sie schloss die Augen und versuchte immer noch, ihm auszuweichen, ihn auszuschließen.

Er traute sich nicht, die Frage zu stellen, aber er musste es wissen. Er musste wissen, ob er diesen Kampf fortsetzen oder sie einfach in Ruhe lassen sollte. »Mal, liebst du mich?«

Langsam öffnete sie ihre Augen. Diesmal wich sie nicht aus, sondern sah ihn direkt an. »Cow-Boy, ich habe nie aufgehört, dich zu lieben.«

Brays Herz flatterte in seiner Brust und fing an zu hämmern. Am liebsten wäre er schreiend über den Hof gerannt, um zu verkünden, dass seine Prinzessin ihn liebte. *Sie liebt mich.* Doch stattdessen holte er tief Luft und nahm ihre Hände in seine. Er stieß sich so weit vom Verandageländer ab, dass er auf die Knie sinken konnte. Er küsste sanft ihre Finger und betrachtete die Frau, die über ihm stand, die Liebe seines Lebens.

»Maleen King, würdest du mir die Ehre erweisen, meine Frau zu werden?«

Später würde er auf diesen Moment zurückblicken und die Ironie seines Antrags erkennen. Dies war sein zweiter Antrag an Mal auf dieser Veranda. Das erste Mal hatte er eine Reihe von Reaktionen ausgelöst, die sie aus seinem Leben gerissen hatten. Dieses Mal würde es anders sein.

Na ja, sofern sie Ja sagte …

Aber sie sagte nichts. Er hob die Augenbrauen und als sie schwieg, stemmte er sich mit angespannter Brust auf die Füße, weil ihn die Enttäuschung wieder einmal überkam.

»Bleib auf deinen Knien, Cow-Boy.«

Er ließ sein Gewicht zurück auf die Knie fallen und versuchte, nicht wie ein verzweifelter Narr auszusehen, der sie anfleht, ihn zu heiraten.

Auch wenn er das war. »Ich weiß, mein Leben ist kein Ponyhof …«

»Sei still«, befahl sie ihm. Und er gehorchte.

Sie schniefte. Bray konnte die Tränen noch nicht sehen, aber er wettete, dass sie jeden Moment kommen würden. Es würden entweder Tränen der Freude oder des Kummers sein. Und wenn es Letzteres war, würde er am Ende vielleicht mit ihr zusammen weinen.

Ein lautes Schluchzen entkam ihr, bevor sie sagte: »Braydon Charles Daniels, ich werde dich heiraten. Ich will in jeder Hinsicht dein sein. Ich will jeden Morgen neben dir aufwachen. Ich will, dass du der Vater meiner Kinder bist.«

»Na ja, das mit dem ›jeden Morgen‹ kann ich nicht versprechen. Nicht mit der Praxis und so.«

Sie lachte durch ihre Tränen hindurch. »Halt die Klappe, Cow-Boy, und küss mich.«

Bray erhob sich und kippte die Krempe eines unsichtbaren Hutes auf seinem Kopf. »Mit Vergnügen tue ich das, Ma'am.«

Er presste seine Lippen auf ihre und verstärkte den Kuss, bis ihre Zungen aufeinandertrafen und miteinander tanzten. Er hob sie in seine Arme und trug sie ins Haus.

Und hinauf in ihr Schlafzimmer. Es gab keinen besseren Zeitpunkt als jetzt, um mit der Arbeit an ihrer zukünftigen Fußballmannschaft von Kindern zu beginnen.

Epilog

»Ich wünschte, mein Paps könnte dich jetzt sehen«, sagte Mal und konnte sich das Lächeln nicht verkneifen.

»Jetzt? In diesem Moment?«, fragte er und deutete auf sein nacktes Hinterteil.

Er trug nur seine vergilbte, zerknitterte Dairy-Prince-Schärpe. Mal hatte keine Ahnung, wo er die herhatte. Aber irgendwie hatte er auch ihre irgendwo hier im Haus gefunden. Mal konnte nicht glauben, dass sie nicht schon vor Jahren weggeworfen worden war.

Sie kicherte. »Nein. Ich meine, wie du die Dinge zum Guten gewendet hast. Wie du eine erfolgreiche, lukrative Tierarztpraxis führst.«

»Ohne dich hätte ich das nicht geschafft, Prinzessin. Dass du meine Geschäftspartnerin geworden bist, war genau das, was es gebraucht hat.«

Partner im Geschäft. Partner im Leben. Mal zuckte mit den Schultern. »Das war eine klare Sache. Ich kann gut mit dem Geld umgehen. Du kannst gut mit den Patienten umgehen.«

»Sag das bitte auch denen. Dein Hengst hat heute

versucht, ein Stück von meinem Oberschenkel abzubeißen, als ich seine Wunde untersucht habe.«

Sie hatten ihm nicht nur ein großes, hochmodernes Gebäude für seine Tierarztpraxis gebaut, sondern auch angefangen, Ziegen zur Milchgewinnung zu züchten und einen neuen Stall und eine Reithalle für Pferde gebaut. Araberpferde, um genau zu sein. Sie liebte deren Schönheit, ihr feuriges Temperament und ihre Ausdauer.

»Marigold ist ein Pisser«, stimmte sie zu.

»Wer bitteschön nennt einen streitlustigen Hengst Marigold? Kein Wunder, dass er die ganze Zeit sauer ist.«

»Das war deine Tochter, falls du das vergessen hast.«

»Ja, Zweijährige halt … Die denken nie über ihre Entscheidungen nach. Dieser Name reicht aus, um ihm Leistungsangst einzujagen.«

»Er hat keine Probleme mit den Damen und das weißt du«, stichelte sie.

»So wie ich, hm?«

»Eine Lady ist schon genug Arbeit für dich«, erinnerte Mal ihn.

»Da bin ich mir verdammt sicher. Aber mit Laney und dir im Haus muss ich mich um mehr als eine Frau kümmern. Ich bin froh, dass Nate in letzter Zeit viel öfter hier ist. Das gleicht das Östrogen mit etwas Testosteron aus.«

»Ja, er ist hier, wenn er nicht gerade seinen eigenen Ladys hinterherjagt.«

»Ich weiß noch, wie ich mit sechzehn war. Ich hatte gerade meinen Führerschein gemacht … und war hinter dir her. Aber du hast mich ein ganzes Jahr hingehalten, bevor du mir erlaubt hast, deinen süßen Körper anzufassen und zu schmecken.«

»Ich wollte nicht zu leicht zu haben sein.«

Bray prustete. »Wann warst du jemals leicht?« Das Bett sank auf eine Seite, als er ein Knie darauf platzierte. »Aber du kannst heute Abend gerne leicht zu haben sein. Du hast irgendwie noch zu viel an.«

Mal schaute an ihrem Körper entlang. Sie spielte mit der Schärpe der Dairy Maid, die kaum über ihren Babybauch passte. »Wirklich, das Ding ist zu viel?«

»Ich will nicht, dass irgendetwas dich und deinen schönen Bauch verdeckt.«

Mal strich mit einer Hand über die gespannte Haut, wobei der massive Goldring an ihrem Ringfinger das Licht einfing. »Schlafen die Kinder schon?«

»Oh ja.«

Sie streifte sich die Schärpe über den Kopf und warf sie ihm zu. »Bist du sicher, dass die Tür verschlossen ist?«

»Jupp.«

»Worauf wartest du dann noch, Cow-Boy?«

»Ich habe nur die Aussicht genossen.« Er wackelte mit den Augenbrauen.

»Weniger gucken, mehr anfassen. Ich habe in letzter Zeit nicht mehr viel Geduld.«

Bray verschluckte sich.

»Ach, leck mich! Verschluck du mal 'ne ganze Wassermelone, und dann gucken wir, wie geduldig du noch bist.«

Er ließ sich neben ihr auf dem Bett nieder. Er küsste ihren Bauch und dann ihre Lippen, wo er viel länger verweilte. Viel, viel länger. »Ich weiß es zu schätzen, dass du meine Kinder austrägst und versorgst, Baby.«

Sie stieß einen zufriedenen Seufzer aus. »Ich weiß, dass du das tust. Denk einfach daran, wenn ich dir im Kreißsaal wieder die Finger zerquetsche.«

Er grunzte. »Und schreist, wie sehr du mich hasst und dass ich dich nie wieder anfassen darf?«

»Jupp. Das auch.«

Er beugte sich über sie und achtete darauf, ihren hervorstehenden Bauch zu umschiffen. »Was steht heute Abend auf dem Speiseplan, mein Schatz?«

»Alles, worauf du Hunger hast«, sagte sie und schenkte ihm ein Lächeln.

»Das klingt vorzüglich.« Er spielte mit ihren vollen Brüsten. Sie stöhnte auf, als er ihre empfindlichen Spitzen berührte. »Ich liebe dich, Mal.«

»Ich liebe dich auch.«

»Wir zwei für immer, Prinzessin.«

»Für immer, Cow-Boy.«

Und genau wie im Märchen lebten der Dairy Prince und seine Dairy Maid
glücklich bis an ihr Lebensende.

Behalte ihre Website unter http://www.jeannestjames.com/ im Auge oder melde dich für ihren Newsletter an, um über ihre nächsten Veröffentlichungen informiert zu werden: http://www.jeannestjames.com/newslettersignup (auf Englisch)

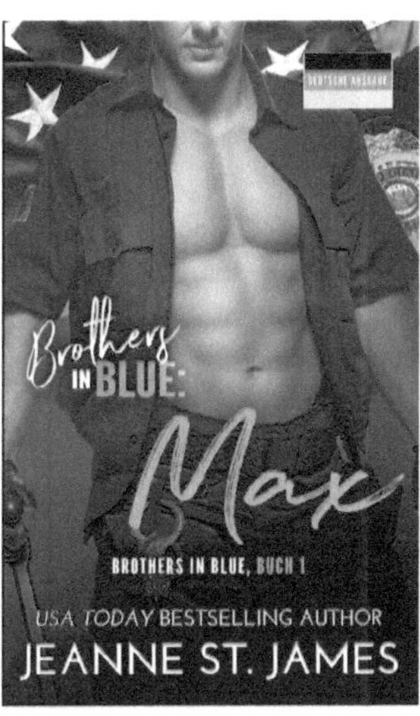

Brothers in Blue: Max (Brothers in Blue, Buch
1)

*Lerne die Männer von Manning Grove kennen, drei Kleinstadtcops
und Brüder. Jeder von ihnen trifft die Frau, die den Rest seines
Lebens verändern wird. Dies ist die Geschichte von Max …*

Großstadt-Partygirl Amanda Barber wurde die meiste
Zeit ihres Lebens verwöhnt. Doch plötzlich wird das
Leben für Amanda zu einer großen Herausforderung:
Sie muss sich ans Kleinstadtleben anpassen, sich um
ihren behinderten Bruder kümmern und ständig mit
einem frustrierenden örtlichen Cop herumschlagen.

Als Cop und ehemaligem Marine ist »Verantwortung«
Max Brysons zweiter Vorname. Er war noch nie in einer
ernsthaften Beziehung und hat auch in naher Zukunft
keine Pläne für eine solche. Er ist gern auf sich allein
gestellt. Und selbst wenn er an einer ernsthaften Beziehung interessiert wäre, würde er sich sicher nicht für eine

so unreife und unverantwortliche Frau wie Amanda entscheiden. Aber so sehr er sich auch bemüht, er bekommt diese sexy Amanda einfach nicht aus seinem Kopf oder seinem Herzen. Als er sieht, wie sie vor seinen Augen immer reifer wird, wächst sein Beschützerinstinkt ihr gegenüber nur noch mehr.

Herrisch und besitzergreifend sind nicht die einzigen Worte, die Amanda benutzt, um diesen frustrierenden Cop zu beschreiben. Sie kann nicht leugnen, dass der Anblick des Mannes sie zum Erbeben bringt. Aber sie hat es satt, sich von irgendjemandem kontrollieren zu lassen, und bei diesem Mann wird es nicht anders sein. Oder doch?

Hinweis: Dies ist ein kompletter Roman und kann als eigenständiges Buch gelesen werden. Kein Cliffhanger, kein Fremdgehen und mit Happy End.

Blättern Sie um und lesen Sie das erste Kapitel von Brothers in Blue: Max

Brothers in Blue: Max

Kapitel Eins

Fünfundvierzig Minuten lang stand der kleine rote Mietwagen auf dem Parkplatz. Amanda Barber saß wie eingefroren auf dem Fahrersitz. Sie starrte durch die Windschutzscheibe auf das Backsteingebäude vor ihr. Der Motor des Autos war ausgeschaltet, der Schlüssel steckte noch im Zündschloss. Es hatte nicht viel gefehlt, und sie wäre umgedreht und den Weg, den sie gekommen war, zurückgefahren.

Sie las noch einmal das Schild an dem Gebäude, als ob sie damit das Unvermeidliche aufschieben könnte. Howell's Adult Day Care. *Howell's Tagesbetreuung für Erwachsene.*

Es wurde langsam dunkel. Sie konnte nicht noch länger dort sitzen. Amanda hatte dem Anwalt ihrer Stiefmutter versprochen, dass sie zwei Wochen bleiben würde. Nur zwei Wochen. Vierzehn Tage. Einen halben Monat.

Sie musste jetzt aufhören, sich wie eine Memme zu benehmen.

Okay, Schluss mit dem Zögern! Amanda schnappte sich die Schlüssel und warf sie in ihre Handtasche. Es musste erledigt werden, da ging kein Weg drumherum. Sie verließ das Auto und betrat das Gebäude, bevor sie ihre Meinung ändern konnte.

Nachdem sich die Tür mit einem ohrenbetäubenden *Klick* hinter ihr geschlossen hatte, blickte Amanda sich um. Ein paar ältere Leute saßen strickend oder lesend da oder unterhielten sich in kleinen Gruppen. Im Hintergrund dröhnte ein Fernseher. Ein älterer Herr in einem Rollstuhl saß vor einem großen Panoramafenster und sein Kopf schwang hin und her, während er döste.

Eine Frau, die nur ein paar Jahre älter war als sie, schaute hoch und entdeckte Amanda. Mit einem Stirnrunzeln richtete sich die Frau von dem Kartentisch auf, an dem ein junger Mann saß, dem sie gerade half. Amanda war sich nicht ganz sicher, wobei der junge Mann Hilfe brauchte. Es sah aus, als hätte er gezeichnet. Die Frau beugte sich vor und flüsterte ihm etwas ins Ohr, bevor sie sich Amanda näherte.

»Kann ich Ihnen helfen?«

»Ich denke ja.«

Als Amanda nicht weitersprach, sah die Frau sie verwundert an.

Die Frau drängte: »Brauchen Sie Informationen? Oder eine Führung durch unsere Einrichtung?«

»Nein.«

Die Frau blinzelte verwirrt und legte den Kopf schief, um eine unausgesprochene Frage zu stellen. Als sie den Mund aufmachte, unterbrach Amanda sie. »Ich bin wegen Gregory Barber hier.«

Sie musste es ziemlich laut gesagt haben, denn der junge Mann am Tisch schaute von seinem Projekt weg, hob seinen Kopf und wandte sich ihnen zu. Er lachte laut und strich sich mit dem Handrücken die Haarsträhnen, die ihm in die Augen fielen, aus dem Gesicht.

Die Lippen der Frau formten sich zu einem *O*. »Sie müssen Amanda sein.«

Amanda runzelte die Stirn. Natürlich wusste die Frau, wer sie war. Sie wettete, dass ganz Manning Grove darauf gewartet hatte, dass sie auftauchte.

»Ja, ich bin hier, um Greg abzuholen.«

Amanda biss sich auf die Lippe, als der junge Mann sich mit einem schiefen Lächeln vom Tisch erhob. Im nächsten Moment rannte er auf sie zu und fuchtelte mit den Armen in der Luft herum. Amanda trat automatisch einen Schritt zurück. Am liebsten hätte sie sich umgedreht und wäre weglaufen, aber die Arme des jungen Mannes schlossen sich um sie und drückten sie zusammen, bis sie kaum noch atmen konnte.

Die Frau packte ihn an den Armen und versuchte, ihn loszureißen. »Greg! Greg! Lass sie los!«

Greg schaukelte Amanda hin und her, quetschte seinen Kopf auf ihre Brust und drückte sie noch fester an sich. Sie stöhnte vor Schmerz auf.

»Greg!«

»Donna, ist das Manda? Ist das Manda?« Seine dröhnende Stimme vibrierte in ihrer Brust.

»Greg, du wirst sie zu Tode quetschen.«

Greg ließ sie widerwillig los und trat zurück, das schiefe Grinsen auf seinem Gesicht wurde noch breiter. Ein bisschen Spucke spritzte aus seinem Mund, als er rief: »Meine Schwester Manda!«

»Ja, Greg, deine Schwester ist hier, um dich abzuholen.« Donna drehte sich zu Amanda um. »Wie Sie sich schon denken können, bin ich Donna. Ich leite diese Einrichtung.« Besorgnis überzog ihr Gesicht. »Sie sehen blass aus. Wollen Sie sich hinsetzen?«

Amanda schüttelte den Kopf. »Nein.« Sie atmete tief durch, rieb sich die Rippen und prüfte, ob sie verletzt waren. Dann schob sie ihren Rock wieder etwas weiter hinunter und rückte den Pullover zurecht, der jetzt schief unter ihrer Jacke hing. »Nein, es geht mir gut.«

»Bringen Sie Greg zurück zum Haus seiner Mutter?«

»Ja.«

»Hatten Sie schon einmal mit einer Person mit Behinderung zu tun?«

Amanda schaute Greg an, der sie mit einem breiten Grinsen im Gesicht anstarrte. »Nein.« Greg konnte nicht ruhig stehen bleiben, er zappelte herum und murmelte vor sich hin.

Donna runzelte die Stirn. »Oje.«

Das wollte Amanda jetzt nicht unbedingt hören. *Oje.* Was hatte das zu bedeuten? Sie wusste, dass es ihr über den Kopf wachsen würde. Aber »*Oje*«?

Scheiße!

»Ähm, ist er bereit zur Abfahrt?«

Donna schaute Greg an. »Ja. Er ist sehr aufgeregt, seine Schwester zu treffen, wie Sie sehen können.« Sie richtete ihre Aufmerksamkeit wieder auf Amanda und hob die Augenbrauen. »Das ist das erste Mal, oder?«

Amanda nickte. Sie wusste nicht, ob sie sich schämen oder Angst haben sollte. Die Scham verdrängte schnell ihr Gefühl der Angst. Sie hatte keinen Zweifel daran, dass Donna die Antwort auf diese Frage kannte, bevor sie sie überhaupt gestellt hatte. Amanda war sich sicher, dass die ganze Stadt die Antwort auf diese Frage kannte.

Doppelte Scheiße!

Donna legte eine Hand auf ihren Arm und sah sie mitleidig an. »Hören Sie zu! Ich werde Ihnen meine Visitenkarte geben. Wenn Sie irgendwelche Probleme oder Fragen haben, rufen Sie mich an. Greg ist ein guter Junge, man kann problemlos mit ihm arbeiten und er ist sehr umgänglich.«

Amanda schaute sich die Person an, um die es ging. Er war kein Kind mehr. Ihr Halbbruder war zweiundzwanzig Jahre alt. Zweiundzwanzig.

Alt genug, um zu trinken, zu wählen und der Armee beizutreten.

Ein Erwachsener, der sich lediglich wie ein Kind verhielt.

»Danke. Vielleicht komme ich auf Ihr Angebot zurück.«

Zum ersten Mal lächelte Donna. »Ich bin sicher, dass Sie das tun werden. Hier ist eine Broschüre über meine Einrichtung und meine Karte. Greg kommt drei Tage in der Woche hierher. Außer an Feiertagen holt ihn montags, mittwochs und freitags ein Bus kurz vor acht Uhr morgens ab. Kurz nach sechs Uhr abends bringt ihn dieser Bus wieder zurück.«

In Amandas Kopf drehte sich alles. »Okay.«

»Greg, bist du jetzt bereit zu gehen?«

»Jupp. Jupp. Jupp. Ich's bin bereit zu gehen.« Greg hüpfte vor Aufregung erst auf einem Bein, dann auf dem anderen. »Wir's gehen jetzt los!« Er lief wieder auf Amanda zu und hielt ihr seine verdrehte Hand hin.

Amanda streckte die Hand aus und ergriff sie. Sein breites Grinsen war überwältigend. Sie schenkte ihm ein schwaches Lächeln zurück. »Bist du bereit, Bud?«

»Wer ist Bud?«

Amanda schaute ihren Bruder an. Er mochte zwar nur ein Halbbruder sein, aber er war immer noch ihr

Fleisch und Blut. Er gehörte zur Familie. Amanda entspannte ihre steifen Muskeln ein wenig und drückte seine Hand. »Das bist du, Bud. Du wirst mein neuer bester Kumpel, mein Buddy, sein.«

»Oh! Oh! Donna, ich's bin ein Buddy! Ich's bin Bud!« Greg fing an, sie zur Tür zu ziehen.

»Oh, warten Sie, Ms. Barber!« Amanda drehte ihren Kopf zu Donna, während sie durch den Eingang hinausgezerrt wurde. »Vergessen Sie Chaos nicht.«

»Was?« Sie hielt sich am Türrahmen fest, um Greg daran zu hindern, sie aus der Tür zu schleifen, während er sie in seinem Enthusiasmus auf dem Bürgersteig herumwirbelte.

»Chaos«, wiederholte sie, als ob damit alles erklärt wäre.

Donna ging zur Hintertür und hielt sie auf. Ein schwarz-weißer Border Collie sprang durch die Tür und umkreiste sie bellend, genauso außer Kontrolle wie Greg.

Chaos.

Welch passender Name?!

***

Die Schlüssel klimperten und die Scharniere quietschten, als Amanda die Eingangstür ihres neuen Zuhauses öffnete.

Neues Zuhause auf Zeit, erinnerte sie sich.

Nach dem langen Flug und der langweiligen, langen Fahrt in diese Mitten-im-Nirgendwo-Stadt war sie erschöpft. Sie brauchte eine ordentliche Portion Schlaf, damit sie am Morgen wieder klar denken konnte.

Sie warf einen Blick auf ihre Uhr. Sieben.

Weder Greg noch sie hatten bisher zu Abend gegessen, und trotzdem dachte sie schon daran, ins Bett zu gehen. Wie eine alte Jungfer. In Miami hatte das Nachtleben noch nicht einmal begonnen.

Chaos brauste an ihr vorbei. Der Hund musste wahrscheinlich auch gefüttert werden.

»Greg, weißt du, wie man Chaos füttert?«

Als sie keine Antwort erhielt, drehte sich Amanda zu ihm um. Er stand immer noch neben dem Auto. Er war verdächtig ruhig und still gewesen, als sie in die Nachbarschaft und zum Haus fuhren. Der aufgeregte *Junge* war verschwunden.

»Greg?«

»Ist Mama da drin?«

Selbst in der Dunkelheit und obwohl er so weit von ihr entfernt war, konnte man die Traurigkeit und Verwirrung in seinem Gesicht deutlich erkennen. Aber seine Frage ließ ihre Haare im Nacken zu Berge stehen.

»Nein, Greg, deine Mama ist weg. Komm jetzt! Ich muss dir etwas zu essen machen.«

»Mama macht gutes Essen.«

Amanda seufzte. Sie hatte keine Lust, sich jetzt damit zu befassen. Sie war nicht für ihn verantwortlich. Vor dem heutigen Tag kannte sie ihren Bruder noch nicht einmal. Sie hatte zwar gewusst, dass er existierte, aber sie lebten in verschiedenen Welten. In ihrer Welt gab es weder ihren Vater noch ihre Stiefmutter noch ihren Halbbruder. Amandas Mutter Anne hatte dafür gesorgt.

»Hey, Bud, ich bin vielleicht nicht die beste Köchin – wahrscheinlich bin ich sogar eher eine der schlechtesten –, aber ich kann eine Schüssel Suppe und ein leckeres gegrilltes Käsesandwich zubereiten.«

Sein neuer Spitzname schien ihn ein wenig aufzumuntern. Widerstrebend folgte er ihr ins Haus.

Da es im Haus stockdunkel war, fuhr Amanda mit ihrer Hand an der Wand entlang und suchte nach einem

Lichtschalter. Ihre Finger fanden einen und sie knipste das Licht an. Das Haus war niedlich. Und klein. Alles schien seinen Platz zu haben, und es war wirklich ordentlich. Und trotz der Tatsache, dass ihre Stiefmutter Dolores vor über einer Woche gestorben war, schien das Haus relativ sauber zu sein.

Das Wohnzimmer zu ihrer Rechten sah gemütlich aus, mit einer großen, weichen Couch und ein paar schön geschnitzten, alten, aber schweren Holztischen – wahrscheinlich Antiquitäten. Die meisten Dekorationen an den Wänden waren gerahmte Fotos. Sie würde sie sich später genauer ansehen. Nachdem sie etwas geschlafen hatte.

Eine Sache, die Amanda schnell auffiel, war, dass es nichts Zerbrechliches gab. Keine Töpferwaren, kein Glas und nicht einmal irgendwelchen kleinen Schnickschnack. Amanda konnte sich gut vorstellen, warum, als sie ein Krachen hörte. Sie eilte zurück in den hinteren Teil des Hauses.

Die große Küche war modern, mit hochwertigen Edelstahlgeräten und wunderschönen Granitarbeitsplatten. Ein kupferner Topfhalter hing über einer Kochinsel, die von dunklen Holzhockern umgeben war.

Und in der Mitte dieser schönen Küche stand Greg mit einem verlegenen Gesichtsausdruck. »Tut mir leid.«

Er hatte Chaos' vollen Blechnapf fallen lassen, aber das war dem Hund egal. So schnell, wie er essen konnte, saugte er alles auf, selbst die letzten kleinsten Krümel, egal wohin sie gerollt waren.

»Ist schon gut, Bud. Jetzt lass uns etwas zu essen für dich finden.«

Nachdem sie ein paar Minuten lang die Schränke durchsucht hatte, stellte sie ein schnelles Abendessen für Greg zusammen, und während er aß, erkundete sie weiter das Haus. Obwohl es klein war, war es gemütlich, so, wie sie anfangs schon vermutet hatte. Es gab ein weiteres Stockwerk, drei Schlafzimmer und zwei Bäder.

Die Küche musste einer der größten Räume im Haus sein. Der Garten war lang und schmal und wegen des Hundes ausreichend eingezäunt. Was Amanda am meisten gefiel, war der Wintergarten, der anscheinend erst kürzlich an die Terrasse im hinteren Bereich angebaut worden war.

Amanda ging zurück in die Küche, um nach Greg zu sehen. Vielleicht hätte sie ihn nicht so lange allein lassen sollen. Na ja, oder zumindest hätte sie ihm eine Serviette geben sollen. Während sie ihm half, die Tomatensuppe von seinen Klamotten abzuwischen, fragte sie ihn aus, um herauszufinden, was er selbst tun und was er nicht selbst tun konnte.

Gegen zehn Uhr abends, nachdem Greg, wie er erklärte, eine seiner »Lieblingssendungen« gesehen hatte, ging sie mit ihm auf sein Zimmer.

»Ich sehe, du bist ein NASCAR-Fan, Greg.«

»Liebe NASCAR. Liebe Rennen! Ich's werde mal Rennfahrer.«

»Lass mich raten! Tony Stewart ist dein Lieblingsfahrer.«

Greg quietschte aufgeregt. »Woher weißt du das?«

Amanda schaute sich im Schlafzimmer um, das voll von Postern mit der Nummer vierzehn, Modellautos und Erinnerungsstücken war. Sie zog die Stewart-Tagesdecke herunter. *Hmm, woher wusste sie das nur?*

»Kannst du von hier an alles selbst übernehmen? Kannst du dich allein fürs Bett fertig machen?«

»Jupp.«

»Okay, gute Nacht, Greg.«

»Manda?«

»Ja?«

»Bekomme ich's eine Umarmung?«

»Aber sicher, Bud.« Diesmal war seine Umarmung nicht so knochenbrecherisch. »Gute Nacht, Buddy. Wir sehen uns morgen früh.«

»Nacht, Manda.«

Amanda ging wieder nach unten. Sie lief direkt zu dem weißen Umschlag, den der Anwalt ihr gegeben und den sie vorhin auf dem Küchentisch abgelegt hatte. Sie schnappte ihn sich und ging in den Wintergarten. Mit einem müden Stöhnen ließ sie sich auf das Zweiersofa sinken und riss den Briefumschlag auf. Chaos rannte hinein, sprang neben sie und rollte sich dort zusammen. Amanda strich mit einer Hand über seinen seidigen Rücken.

Sie entfaltete den Brief und begann zu lesen.

Liebe Amanda,

Ich weiß, dass wir uns nie getroffen haben, und ich bedaure das. Daran kann nun nichts mehr geändert werden. Das Erste, was du wissen sollst, ist, dass dein Vater dich geliebt hat, egal, was du vielleicht denken magst. Er hat uns ein gutes Leben ermöglicht, und dafür bin ich dankbar. Ich habe ihn sehr geliebt.

Ich weiß, dass es ein großer Schock für dich sein muss, deinen Bruder zum ersten Mal zu sehen. Gregory ist ein guter Junge. Ich hoffe, du wirst das selbst auch erkennen.

Es war schwer für Greg, nachdem dein Vater vor zwei Jahren an einem Herzinfarkt gestorben ist. Von mir ganz zu schweigen. Ich weiß, dass es für Greg noch härter wird, wenn ich gehe. Greg hat keine Ahnung, dass bei mir Brustkrebs diagnostiziert wurde. Ich glaube, er würde es ohnehin nicht verstehen.

Wenn du das hier liest, dann hat Greg beide Elternteile verloren. Ich hoffe, dass du dir ein Herz fassen kannst, ihm zu helfen und ihn zu lieben. Ich weiß, dass er nur dein Halbbruder ist, aber er ist trotzdem dein Bruder. Du bist alles, was er hat.

Bitte schau tief in dich hinein und öffne dein Herz für ihn. Das ist keine leichte Aufgabe. Gregory kann einigermaßen auf sich selbst aufpassen, aber er braucht viel Führung. Ich habe versucht, ihn dazu zu bringen, unabhängiger zu werden, aber er wird nie in der Lage sein, allein zu leben. Er braucht dich so sehr. Ich will nicht, dass er allein in einem Heim endet.

Das Haus gehört jetzt dir, zusammen mit einem Treuhandfonds, den dein Vater und ich eingerichtet haben und aus dem du ein monatliches Einkommen erhältst, damit du Gregory versorgen kannst. Es sollte so viel sein, dass du, wenn du in Manning Grove bleibst, nicht arbeiten musst und für Greg da sein kannst, solange er dich braucht. Wenn du ihn zurück nach Miami mitnimmst (ich hoffe, dass du das nicht tust), wird es wahrscheinlich nicht lange halten.

Das hier ist eine tolle Stadt, die Menschen sind freundlich und sie kennen Gregory. Ich weiß, dass dich das vielleicht nicht überzeugt, aber ich glaube nicht, dass Gregory in einer großen Stadt glücklich wäre.

Ach, ich fange an zu schwafeln.

Amanda las sich eine Liste durch, auf der stand, welche Aufgaben Greg allein erledigen konnte und bei welchen er Hilfe brauchte. Sie zerknüllte den Brief in ihrer Hand und warf ihn quer durch den Raum. Er prallte von einer Lampe ab und landete mitten auf dem Boden.

Chaos sprang vom Sofa und holte den *Ball* zurück, bevor er ihn demonstrativ wieder in ihren Schoß fallen ließ. Sie starrte ihn und den zerknitterten, feuchten Brief an und versuchte, nicht zu schreien. Sie kämpfte dagegen an, zu weinen.

Sie wollte das nicht tun. Sie konnte das nicht tun.

Diese Frau hatte kein Recht, sie um so etwas zu bitten. Sie hatte nie um einen Bruder gebeten. Es hatte sie nie gestört, dass sie ein Einzelkind war. Ihre Mutter hatte sie verwöhnt. Nicht, weil sie Amanda liebte, sondern weil sie sie kontrollieren und falls nötig, Amanda aus dem Weg haben wollte.

Chaos stupste ihre Hand an und wartete darauf, dass sie den *Ball* noch einmal werfen würde.

Als sie den schwarz-weißen Hund ansah, wurde ihr klar, dass von ihr erwartet wurde, dass sie die Verantwortung übernahm. *Sie* – Amanda Barber! Sie, die noch nie ein Haustier besessen hatte – nicht einmal einen Hamster –, war jetzt tatsächlich für ein anderes menschliches Wesen verantwortlich. Das war zu viel.

Sie würde Greg enttäuschen.

Ihr Kopf sank in ihre Hände und sie verlor die Fassung. Sie schluchzte, bis ihr Magen wehtat, ihre Nase verstopft und verschmiert war und ihre Augen geschwollen waren. Sie schniefte laut. Chaos saß zu ihren Füßen, spitzte die Ohren und neigte seinen Kopf fragend zu ihr hoch.

Sie war verängstigt.

Und allein.

Nicht einmal ihre Mutter konnte – oder wollte – ihr helfen.

Der Gedanke bestärkte sie. Sie brauchte ihre Mutter nicht. Ihre Mutter war wütend auf sie. Sie hatte gesagt, dass Amanda es nie schaffen würde. Dass sie nicht fähig zu so etwas wäre.

Amanda würde es ihr zeigen. Sie würde besser sein als ihre Mutter. Greg war ihr Fleisch und Blut. Ihre Familie. Sie würde fürsorglich, warmherzig und liebevoll sein.

Zumindest würde sie es versuchen.

Chaos hatte das Warten satt und sprang wieder auf das Sofa neben sie. Amanda streichelte über seinen Kopf. Sie war fest entschlossen, ihrer Mutter das Gegenteil zu beweisen.

Holen Sie es sich hier: mybook.to/Max-DE

Verfügbare Bücher auf Deutsch

Made Maleen: Ein Märchen mit einem modernen Twist

BROTHERS IN BLUE SERIE
Brothers in Blue: Max (Buch 1)
Brothers in Blue: Marc (Buch 2)
Brothers in Blue: Matt (Buch 3)
(Enthält Teddys Kurzgeschichte)
Brothers in Blue: Weihnachten bei Familie Bryson
(Buch 4)

BLOOD FURY MC SERIE
Eine 12-bändige Motorradclub-Serie

DIE DARE MÉNAGE SERIE
Eine 6-bändige Ménage-à-trois-Serie

WEITERE BÜCHER FOLGEN BALD!

Wenn dir dieses Buch gefallen hat

Vielen Dank für die Lektüre. Wenn Ihnen die Geschichte gefallen hat, hinterlasse gerne eine Rezension bei deinem Lieblingsbuchhändler und/oder bei Goodreads, Amazon und Lovelybooks, damit auch andere Leser davon profitieren können. Rezensionen sind immer willkommen und schon wenige Worte können einer Indi-Autorin wie mir ungemein helfen!!

Andere Werke von Jeanne

Meine komplette Lesereihenfolge findest du hier:

https://www.jeannestjames.com/reading-order

* Erhältlich als Hörbuch (auf Englisch)

Alleinstehende Bücher:

Made Maleen: A Modern Twist on a Fairy Tale *

Damaged *

Rip Cord: The Complete Trilogy *

Everything About You (A Second Chance Gay Romance) *

Reigniting Chase (An M/M Standalone) *

Brothers in Blue Series:

Brothers in Blue: Max *

Brothers in Blue: Marc *

Brothers in Blue: Matt *

Teddy: A Brothers in Blue Novelette *

Brothers in Blue: A Bryson Family Christmas *

The Dare Ménage Series:

Double Dare *

Daring Proposal *

Dare to Be Three *

A Daring Desire *

Dare to Surrender *

A Daring Journey *

<u>The Obsessed Novellas:</u>

Forever Him *

Only Him *

Needing Him *

Loving Her *

Tempting Him *

<u>Down & Dirty: Dirty Angels MC Series®:</u>

Down & Dirty: Zak *

Down & Dirty: Jag *

Down & Dirty: Hawk *

Down & Dirty: Diesel *

Down & Dirty: Axel *

Down & Dirty: Slade *

Down & Dirty: Dawg *

Down & Dirty: Dex *

Down & Dirty: Linc *

Down & Dirty: Crow *

Crossing the Line (A DAMC/Blue Avengers MC Crossover) *

Magnum: A Dark Knights MC/Dirty Angels MC Crossover *

Crash: A Dirty Angels MC/Blood Fury MC Crossover *

<u>In the Shadows Security Series:</u>

Guts & Glory: Mercy *

Guts & Glory: Ryder *

Guts & Glory: Hunter *

<u>Guts & Glory: Walker</u> *

<u>Guts & Glory: Steel</u> *

<u>Guts & Glory: Brick</u> *

<u>Blood & Bones: Blood Fury MC®:</u>

<u>Blood & Bones: Trip</u> *

<u>Blood & Bones: Sig</u> *

<u>Blood & Bones: Judge</u> *

Blood & Bones: Deacon *

Blood & Bones: Cage *

Blood & Bones: Shade *

Blood & Bones: Rook *

Blood & Bones: Rev *

Blood & Bones: Ozzy *

Blood & Bones: Dodge *

Blood & Bones: Whip *

Blood & Bones: Easy *

Beyond the Badge: Blue Avengers MC™:

Beyond the Badge: Fletch *

Beyond the Badge: Finn *

Beyond the Badge: Decker

Beyond the Badge: Rez

Beyond the Badge: Crew

Beyond the Badge: Nox

<u>Demnächst erhältlich!</u>

Double D Ranch (An MMF Ménage Series)

Dirty Angels MC®: The Next Generation

<u>**Geschrieben unter dem Namen J.J. Masters:**</u>

The Royal Alpha Series:

(A gay mpreg shifter series)

The Selkie Prince's Fated Mate *

The Selkie Prince & His Omega Guard *

The Selkie Prince's Unexpected Omega *

The Selkie Prince's Forbidden Mate *

The Selkie Prince's Secret Baby *

Über den Autor

JEANNE ST. JEANNE ist eine USA-Today-, Amazon- und internationale Bestsellerautorin im Bereich Liebesromane, die gerne über starke Frauen und Alpha-Männer schreibt. Sie war erst dreizehn Jahre alt, als sie mit dem Schreiben begann. Im Jahr 2009 veröffentlichte sie dann ihren ersten Liebesroman. Inzwischen hat sie über sechzig zeitgemäße Liebesromane geschrieben. Sie schreibt M/F-, M/M- und M/M/F-Ménages, darunter auch interkulturelle Liebesromane. Sie schreibt auch paranormale M/M-Romane unter dem Namen J.J. Masters. Hast du Lust, eine Kostprobe ihrer Arbeit zu lesen? Lade hier ein kostenloses Probebuch herunter: BookHip.com/MTQQKK

Um über ihren vollen Veröffentlichungszeitplan auf dem Laufenden zu bleiben, besuche ihre Website unter www.jeannestjames.com oder melde dich für ihren Newsletter an: http://www.jeannestjames.com/newslettersignup

www.jeannestjames.com
jeanne@jeannestjames.com

Newsletter (auf Englisch): http://www.jeannestjames.com/newslettersignup
Facebook-Lesergruppe: https://www.facebook.com/groups/JeannesReviewCrew/